董少尹——著　吳嘉鴻——圖

名家推薦

凌性傑（作家）：

《恐懼的馬赫數》是一本充滿知識趣味的小說，這位才華不凡的寫作者帶領我們思考：天空裡的交通路線如何規畫？地上的航空管理人員如何提供正確的導引？當恐怖攻擊發生，勇氣與機智可以發揮怎樣的作用？這本小說的時空背景設定在二〇二四年台灣空域，飛行研究社的三位國中生為了報導飛航管制員這個職業，進入航空城進行四天三夜的實境體驗。正因為由報導角度切入，飛航知識的呈現便不顯得突兀，敘事節奏自然流暢。尤其讓人驚豔的是，作者鋪陳航空城遭受恐怖攻擊，情節細膩、張力十足，宛如動作片的場景切換。這個故事一氣呵成，充滿正面積極的能量，印證唯有勇氣可以戰勝恐懼。

陳安儀（閱讀寫作老師）：

齊聚最受青少年歡迎的「科幻」、「冒險」、「動作」、「飛行」元素，《恐懼的馬赫數》在本土兒少創作作品中，顯得十分突出，與眾不同。故事定位在二〇二四年的台灣上空，台北當時已經成亞洲飛航之最、全球最忙碌的航線，潛在衝撞危機必須要靠空勤管制員的機敏，配合最新科技「歐洲海豚」一起控管。三位國中學生在參觀雷達管制中心、採訪飛航管制員的期間內，遇上了恐怖攻擊。男主角憑藉著過人的機智，與之前受過特訓的靈活身手，與歹徒展開了一場殊死戰。

這部小說不但劇情緊湊刺激、對白活潑搞笑，從頭到尾絕無冷場；而且因為內容涉及航空專業，非專業背景作者恐怕不好駕馭。唯一略有爭議之處，是「恐攻」議題較為敏感，而主角過往的特訓經驗描述較為模糊，鋪陳略嫌不足；且三位小朋友在劇情中的分量若是可以再多一些，與主角互動更為密切，劇情張力效果應會更為精采加分。

目錄

序章

天上的交通，類似地上的高速公路。

只能前進，不能後退。

所以一樣會發生同向飛機擦撞、追撞，甚至誤上匝道、逆向對撞等重大安全事故，而客機巡航高度平均在三萬英尺以上，一旦空中相撞，必定是兩機乘客全數罹難，不會有生還者。

偏偏台灣上空是全世界最繁忙的空域。

由於地理位置特殊，台灣位在香港、廣州、上海、北京、仁川、東京、馬尼拉，這幾個亞洲空運量極大的城市間航路往來必經之處，台北飛航情報區在西元二〇二三年榮登世界之最、正式成為全球最繁忙的空域，每日二十四小時之內有超過八千五百架次的航機通過台灣，其中平均兩百七十八次潛在撞機衝突會發生在台灣上空。

因此，位在大園區園航路六十號的空管中心，裡面有三百多位飛航管制員日夜監控雷達螢幕，指揮空中交通，從中找出可能發生的撞機衝突，在兩機相撞前用無線電引導飛機轉向、改航路、變更飛行高度、爬升或下降。

同時，為了避免人為疏失造成的空難發生，行政院在二〇二四年將民航局從交通部分出，單獨成立航管部，大筆預算挹注下屬的飛航管制局，斥資數百億向國外軍火商採購超新世代航管系統「EURODOLPHIN-X」，暱稱「歐洲海豚」的超級電腦群，協助空管中心指揮空中交通，台灣空域也從未發生客機相撞的巨型空難。

直到恐怖組織的邪惡計畫實現。

這是一個關於勇氣的故事。

人的一生中，難免會遇到需要一次用光這輩子所有勇氣的關鍵時刻，碰上了就只能硬著頭皮面對恐懼，努力找尋一線生機。

當你來到危急存亡之秋，請保持冷靜。我知道說嘴容易、實際上執行很困難，但還是務必請你強迫自己停止驚慌失措、保持腦袋運作，求生的意志與本能才有機會帶領著你掙扎出一條活路。

到了生死關頭，不用擔心自己會有所保留，你一定會竭盡全力、戮力以赴，奮戰搏鬥到一兵一卒，燃燒精力到一絲一毫，絕對不可能還綽有餘裕，留著一手。

因為你心裡有數。

不這麼拚的話，**生命真的會結束在這裡！**

1 空管中心大冒險

當主任把我從地下十五樓雷達管制作業室，叫到地上二樓的辦公室，我就有不好的預感。

「主任，我是胡夏耘。」我敲門進入，看到三個小朋友坐在主任辦公室裡的會客沙發上。

「夏耘，他們三位是大園國中『飛行研究社』的成員，接下來四天他們都會跟著你做深入追蹤報導，在這一期的校刊介紹飛航管制員這個職業。」主任說。

「嗯？什麼？要我當導遊兼保母？為什麼是我？」我提高音量跟主任抱怨。

「你都四十歲的人了，還在玩騎馬打仗遊戲、拿玩具槍射來射去，我想說你跟小朋友比較沒有距離……」

「**那叫生存遊戲！**」我插嘴。

「隨便，那不重要。重點是，今年輪到你當福委！」不愧是主任，笑咪咪的說幾句話就讓我啞口無言。

福委就是福利委員，負責為管制員同仁謀福利，尾牙聚餐、員工旅遊這類的苦差事，還有平常沒人願意幹的活兒，都是福委的工作，由福委來處理。

所有管制員輪流當福委，一年一任。

「好吧！那為什麼他們要參訪四天這麼久？我們這裡是一級管制區，連立委、大官來參觀，也不過兩三個鐘頭就打發了。」我抱怨。

「敦親睦鄰啦，偉大的航空城計畫，需要空管中心全力配合，這是親民政策，懂嗎？」主任解釋。

空管中心位在大園區園航路六十號，基於地緣關係，對大園國小、國中、高中、區公所、大園鄉民活動團體申請參訪的行程來者不拒，已經到了有問必答、有求必應的程度，說是大園第二土地公廟都不為過。

我看著三個小朋友，嘆口氣，「你們飛行研究社只有三個社員？不好招募哦？」

「是啊，就我們三個，我是社長。」一位高瘦長髮女生說。

「我是副社長。」一位戴眼鏡的男生說。

「我是財務長。」一位小

胖子說。

「我們三個都是幹部，集體領導。」高妹社長說，「只要這篇校刊上關於管制員的報導寫得好，徹底揭開空管中心的神祕面紗，一定會有很多同學願意入社，我們的希望全寄託在這四天的觀摩。」

我看著財務長小胖肥肥的肚子，忍不住建議，「等你們社員變多了，千萬記得換個財務長，免得小胖子把社費拿去買好吃的。」

我才說完，三個小朋友爆出驚天地、泣鬼神的巨大笑聲，嚇了我一跳。

「福委管制員……您真內行！」高妹社長笑到喘不過氣，「我們昨天才開會決定，明年小胖接社長，我當財務長。」

「我明年畢業，要上高中了，福哥，時間寶貴，你能否簡單解釋一下管制員的工作？」眼睛仔副社長切入主題，還擅自叫我福哥。

我發現小胖子跟眼鏡仔有些眼熟，我們似乎在哪兒見過，一時間卻也想不起來。

「你們手機拿出來，用Google搜尋『flightradar24』，打開網頁，你們會看到目前台灣上空的每一架民航客機。」我教他們。

三個小朋友照著我的指示打開網頁，看到台灣上空密密麻麻的飛機群，發出驚呼。

「天啊！好恐怖！這是即時的影像嗎？怎麼這麼多飛機！好像成千上萬的螞蟻爬滿餐桌！」小胖說。

「這這這……太多飛機了吧！根本是蝗蟲過境！」副社長也張大嘴巴。

「何止是蝗蟲過境！這群蝗蟲的數量已經多到把晴天遮蓋成陰天了！」高妹社長瞪大眼睛，「原來我們平常看不到的空中交通，竟然如此繁忙！」

「你們有沒有發現，這麼多飛機都不是隨便亂飛，而是呈現一行行、一列列的網絡線路，像在排隊搶演唱會門票似地，一架接著一架？」我解釋，「飛機飛的路線稱作『航路』，你們可以把它想像成高速公路，假設你今天搭飛機從桃園到日本東京，就好比開車從台北開高速公路到台南。高速公路上的汽車，誰來保持安全距離？」我問。

「駕駛自己保持安全距離。」眼鏡仔副社長說。

「很好。現在假設一下，管制員的雷達螢幕，可以看到高速公路上每一輛汽車的車型、車速、目的地、駕駛姓名、乘客數量、車牌號碼，透過雷達螢幕上的資訊，管制員發現走在中線車道的貨車開太慢了，時速八十公里，三分鐘後會被後方時速一百公里的轎車追撞，於是使用無線電通訊，直接命令貨車切到外線車道，避免追撞車禍發生。這時候，貨車的駕駛也透過無線電回覆管制員，他不想切換車道，但是他願意加速，那管制員就會命令貨車加速到時速一百公里，跟後車等速前進，避免車禍。管制員的工作，就是保持每一架飛機間的安全距離，找出可能發生的撞機衝突，在悲劇發生前指揮飛機改高度、改航向、換航路，避免飛機在空中相撞。我要上雷達席位輪班了，你們跟著我去管制作業室，站在我後面安靜觀察。」

「你們這四天就跟著胡夏耘管制員吧！採訪報導的文章刊登前，記得先寄給我一份，我幫你們檢查錯別字！」主任把我們請出辦公室，又想到什麼把我叫住，「夏耘，上班就穿西裝褲、襯衫、皮鞋，不准再穿迷彩褲來，上班要有上班的樣子，又不是園遊會cosplay……」

「知道了、知道了！立刻改進！我上雷達席位輪班了！」我趕忙把主任辦公室的門關上，連滾帶爬閃身離開。

「男生還是要當兵，不然怎麼學打混摸魚、爭功諉過、欺負新人？」我看著面前的雷達螢幕，責任空域內有三十一個雷達光點，一面跟坐我身旁的協調員聊天。

「你這樣講不對，太偏頗。敷衍塞責、爭功諉過、欺善怕惡這些是人性，跟有沒有當兵毫無關聯，許多陋習進職場再適應就好，不需要過度社會化。」協調員也盯著我的雷達螢幕，有一搭沒一搭回應著，「話說回來，我們身後這三個小朋友是怎麼一回事啊？」

「主任要我當保母，帶三個拖油瓶。他們是大園國中『飛行研究社』的幹部，要寫一篇關於空管中心的專訪。」

「原來如此，我還以為你在錄《爸爸去哪兒》，正想問你他們三個怎麼長得不太像？」

「當然不像，又不是我的小孩，我叫他們安靜站在後面，不准出聲干擾大家管飛機……」我話沒說完，總覺得哪裡不大對勁。

打起精神、仔細檢查螢幕上的綠色光點。再多看兩眼，稍微想了一下，總算從三十一架飛機中發現兩起潛在撞機衝突。

第一起撞機衝突發生在十五分鐘以後，琺瑯航空的波音七七七客機會在鞍部東北七十浬撞上清葛航空的波音七四七貨機，撞機高度三萬兩千英尺。

清葛航空這架是貨機，只有三個機師跟一堆貨；琺瑯航空這架則是剛從紐約歸來的客機，塞滿了回台灣的旅客，罹難人數將會超過三百六十人。

第二起撞機衝突發生在十一分鐘後，旭川航空的波音七六七客機會在鞍部東北五十浬從後方追撞玉蕗藤航空空中巴士A三二〇neo客機，撞機高度一萬八千呎，罹難人數粗估……不到兩百五十人，因為旭川航空跟玉蕗藤航空的班機都沒有客滿。

兩害相權取其輕，我決定先處理珐瑯航空跟清葛航空的撞機衝突。透過無線電，我開始指揮天上的飛機。

「珐瑯〇三一，右轉航向二七〇，雷達導引避撞衝突，下降、保持飛航空層三四〇，減速二七〇節。」我說完，仔細聆聽珐瑯機師覆誦我發的許可。

「……呃……右轉航向二七〇……呃……下降保持三萬四千呎……呃……嗯……請再說一次……」珐瑯航空的飛行員第一時間沒有聽清楚指令，我立刻重複一遍。

「琺瑯〇三一，右轉航向二七〇，下降、保持飛航空層三四〇，減速二七〇節。」我再說一次，稍微壓抑不耐。

「右轉航向二七〇，保持飛航空層三四〇，減速二七〇節，琺瑯〇三一。」

聽完琺瑯航空機師覆誦，確認無誤，我緊盯著雷達螢幕，看著代表琺瑯客機的光點像蝌蚪一般拖著尾巴開始轉向，蝌蚪旁代表速度與高度的三碼阿拉伯數字也開始跳動。

琺瑯航空客機被我帶離原本預計的航路，已經不會再跟清葛航空貨機相撞，我舔舔嘴唇，開始處理旭川航空跟玉蕗藤航空的撞機衝突；這兩架相撞時間已經從十一分鐘縮短為九分鐘之後。

「旭川一二四一，報告速度。」我命令。

「馬赫數零點七九，旭川一二四一。」旭川的機師用濃濃的日本腔英語回答我。

「旭川一二四一，減速到馬赫點七五，下降、保持一萬呎，通過DRAKE高度一萬呎，台北QNH值一〇二一。」下完指令，我翹腳看著雷達螢幕上的旭川客機乖乖減速、下高度，與玉蕗藤航空的撞機衝突也在二十秒鐘內解除。

忽然間，我發現自己犯了錯誤。

為了解決琺瑯客機跟清葛貨機的撞機衝突，我把琺瑯帶出了原本預計航路。結果琺瑯客機現在與另外一架美國快遞貨機產生撞機衝突，我迅速掃視兩架飛機的速度、高度、與航路交會點距離，默默心算兩機的相撞時間會在……七分鐘之後。

翹著的二郎腿立刻放下，我挺直背脊。

腎上腺素開始分泌，我感到心跳略為加速、肌肉稍微緊繃，突然湧現的興奮感讓我微微反胃，深呼吸一口氣，我還有七分鐘的時間解決這點小失誤。

適才突然直起身子的動作稍大，空管中心督導與安全官都走到我的身後，視線穿越我的肩膀看著我的雷達螢幕。

「冷靜，小意思而已。」我想了想。

美國快遞的機師幾乎都是美國人，英文是老美的母語，對美國快遞下指令可以減少飛行員聽不懂、要我重複說一遍的機率。特別是剛剛發指令要琺瑯航空改航路，琺瑯今天的飛行員不太靈光、有點心不在焉，還要我說兩遍才聽懂，我立刻把籌碼全壓在美國快遞貨機上。

「美國快遞一六九，台北。」我在無線電裡先把美國快遞的飛行員叫出來。

「台北請講，美國快遞一六九。」回答迅速，聽口音是美國人無誤。

「美國快遞一六九，由於航情衝突，立刻向右偏航路十浬，平行航路前進二十浬，下降、保持飛航空層三三〇。」我一次發完許可。

「向右偏航路十浬，平行航路前進二十浬，下降保持三萬三千呎，美國快遞一六九。」

機師覆誦完立刻動作。

緊盯著螢幕，我看著代表美國快遞貨機的綠色光點轉出航路、再以平行航路十浬的距離前進，重重吐出一口氣。

「嗯，虛驚一場。」督導站在我身後左側，拍拍我的肩膀。

「哪有虛驚一場？一切都在我的計算之中，我原本就是這樣計畫的。」我故作鎮定。

「那這也是你的計畫嗎？」安全官在我右後方用手指著雷達螢

幕，被我減速的旭川航空客機雖然不會追撞玉蕗藤航空客機，但是因為速度慢下來，再過十七分鐘會被後方的榴槤航空波音七八七追撞。

「是啊，這也在我的計畫之中。」我死鴨子嘴硬，還是用無線電指揮榴槤航空更改飛行高度。

為了解決兩起撞機衝突，我又製造了兩起新的撞機衝突。

在充足的時間下，我會選擇最佳方案，在有限的時間下，我只能選擇第一個可行的方案。

「你快要下席位了吧？下次要注意點，自己反省一下，為什麼會為了解決琺瑯航空跟清葛航空十五分鐘後的衝突，結果製造出七分鐘後琺瑯航空跟美國快遞的衝突。」安全官和緩地交代。

管制員這個工作是徹頭徹尾的結果論，只要飛機沒有撞在一起、沒有變成新聞、沒有罹難者家屬到航管部撒冥紙、沒有國家賠償，就沒有任何責任。

同事來接替我的雷達席位。

「有沒有要交接的？」同事拔下我的插頭、戴上耳機麥克風，將自己的無線電插頭插進北部雷達席。

「今天有軍事演習，注意一下實彈射擊的火砲區，民航機飛進去會變活靶。」我提醒。

站起身、準備走出管制室，我張開嘴還來不及打哈欠，東部雷達席的螢幕陡然間狂閃鮮豔霓虹光、同時發出電腦語音警報，一個虛擬的數位聲音倒數讀秒，「一百二十秒……一百一十五秒……一百一十秒……」

歐洲海豚X版本警示系統啟動了。

所有的人都凍結在原地，時間像是被暫停一般，原本吵雜的管制室，忽然間安靜到可以聽見每個人節奏不一的心跳。

安全官率先掙脫石化階段，狂奔至東部雷達席的管制員身後，我也跟著小跑步上前了解狀況。

坐在東部雷達席的管制員是新人，才剛拿到雷達執照不滿一年的菜鳥，只見她一臉慘白僵在雷達螢幕前，結結巴巴，連話都說不清楚。

我迅速掃視一眼她的雷達螢幕，再過不到一百秒石帆航空A三三〇客機跟慕絲航空A三五〇客機會在恆春東北十五浬、三萬四千呎高度撞在一起。

「石……石帆七三一，右……右轉航向一七〇，避撞衝突……」

新人聲音囁囁嚅嚅、明顯信心不足，飛行員一定會再次確認。

「台北管制中心，確認右轉航向一七〇？還是左轉航向一七〇？

我現在航向二一九，右轉航向一七〇很奇怪，繞一大圈速度會掉太多，石帆七三一。」機師確認。

「更正、更……更正，左轉航向一七〇……」新人驚慌失措到左轉右轉都搞錯、大腦打鐵，已經完全失能。

安全官手指協調員，要協調員戴上耳機麥克風，隨時準備接管，偏偏協調員的耳機麥克風導線纏在一起、越急越打不開死結，航管超級電腦計算的撞機倒數已經來到九十秒以內，我看新人快昏倒、手放在她肩膀上要她撐住。

「衝突航情我看清楚了，我講一動妳做一動。妳叫石帆航空七三一左轉航向一四〇，下降、保持三萬三千呎。」我指揮新人。

當局者迷，旁觀者清。

管制員一驚慌失措視線會變窄，旁觀者氣定神閒，反而可以看清全局。

「石帆七三一，左轉航向一四〇，下降、保持飛航空層三三〇。」新人聽從指揮、把我的指令轉成航管英文術語，透過無線電發送給遠在天際的航機。

「左轉航向一四〇，下降保持飛航空層三三〇，石帆航空七三一。」機師覆誦指令無誤。

「叫慕絲航空六五一右轉航向二六〇，爬升、保持三萬五千呎，命令他爬快一點。」我手指著雷達螢幕上代表慕絲航空的綠色光點。

「慕絲六五一，右轉航向二六〇，爬升、保持飛航空層三五〇，最大爬升率。」新人像隻鸚鵡似地發話，現在變成我在管飛機、她只是我的傳聲筒。

「右轉航向二六〇，爬升、保持飛航空層三五〇，最大爬升率，慕絲六五一。」機師覆誦。

「石帆航空下高度下得太慢了，催他一下，快點快點！叫石帆下降快一點！」我又用手指敲敲雷達螢幕上的綠色蝌蚪。

「石帆七三一，增加下降率，更正，最大下降率！」新人發話。

「知道了，最大下降率，石帆七三一。」機師回答。

這時候圍在東部雷達席後面的觀眾越來越多，眼看兩架飛機已經順利分歧、成功建立高度隔離與水平隔離，航管電腦的霓虹閃光立刻熄滅，「歐洲海豚」發出的語音警報聲戛然而止。

「石帆可以定KABAM，高度三萬二。」我說。

「石帆七三一，直飛KABAM，下降、保持飛航空層三二〇，衝突解除。」新人發話。

「抄收，直飛KABAM，下降、保持飛航空層三二〇，石帆七三一。」機師回覆。

「慕絲航空給他直飛恆春，晚點再問他要不要升高到三萬八或四萬。」我說。

「慕絲六五一，直飛恆春，加入航路G八六，恢復原定導航，衝突解除。」新人發話，臉上漸漸有血色。

轉頭看我一眼，新人來不及跟我道謝、就被安全官抓住頭髮、拔下耳機麥克風插頭、拉下席位，協調員已經戴好耳機麥克風，手拿著插頭直接插進雷達席位，取代新人接管東部雷達席。

「妳在搞什麼！妳到底在幹嘛？發呆啊！」安全官瞋目切齒地開罵了，**「沒見過像妳這種管制員！妳是怎麼拿到雷達執照的？」**

新人低頭不敢吭聲。

我看到三個小朋友圍觀湊熱鬧，打手勢要他們把耳朵摀上，安全官隳突叫號的音量他們沒見識過，怕會嚇著。

「妳以為妳在打電動嗎？螢幕上面那些光點都是真的飛機！上面載滿幾百條人命！妳的家人、朋友、我的家人、朋友可能都在上面！怎麼會搞到兩架飛機這麼近！」安全官目眥盡裂，從他通紅的臉色看來血壓已經飆到頂峰。

「四百多條人命！撞在一起不會有人生還！人命妳要怎麼賠？妳說！人命要怎麼賠！妳剛剛在想什麼！恍神啊！思考人生啊？在混啊！」

安全官上上下下跳動、接著雙手緊抓住新人的肩膀，不斷前後搖晃新人。

「怎麼會有妳這種管制員！妳反應怎麼這麼慢！告訴我！妳反應怎麼會這麼慢！妳剛剛在想什麼？」

我看著新人的腦袋劇烈前後甩動，忽然間也覺得有點頭昏。緩步移動到三個小朋友身邊，我估計安全官應該快吼完了，示意他們放下摀住耳朵的雙手。

「你們寫的文章，要把我描寫得瀟灑一點，標題就用『資深管制員見義勇為，拔刀相助菜鳥解除撞機衝突』之類的。」我交代他們。

「外科醫生手術失敗、一次也只能宰掉一個病人！管制員犯一個錯誤、會瞬間宰掉四百個乘客！」安全官出乎我意料之外，餘怒未消，繼續開罵。

「妳到底是怎麼通過雷達檢定考的？只有臉蛋、沒有大腦！妳雷達教官是誰？我看妳是用潛規則進來的吧！說！為了拿雷達執照、妳用了多少手段！」安全官越罵越脫序、已經讓值班督導跟協調員都隱隱覺得不妥，開始不安地扭來扭去。

「妳這種程度不可能通過檢定考！絕對不可能！老實講！妳究竟是航管部長乾女兒、飛管局長的小三、副局長小五、還是妳跟哪個考官情慾流動、做了什麼事情來交換雷達執照！」安全官暴跳如雷、口不擇言，情緒失控到原本有理也站不住腳的程度，空管中心督導走上前輕拍安全官的手臂，要他冷靜下來，免得因為職場性騷擾要召開性平會調查。

「督導你來的正好！去查一下這個管制員的雷達執照檢定考核紀錄！看看主考官是行政院航管部的哪幾個傢伙！查清楚有沒有放水舞弊！順便把她智力測驗調出來！我要看看她到底是有多笨！」

「安全官啊，先喝口水、喘口氣，聽我講幾句，」督導刻意語氣放慢、緩緩地說，「人有失足、馬有失蹄，吃燒餅沒有不掉芝麻的道理。管制員也是人，只要是人都會犯錯，你別把身體氣壞了。更何況我們有『**歐洲海豚**』X。」

督導拿杯溫水遞給安全官，安全官搖搖頭、雙手拇指緊按自己的太陽穴順時針繞圈按摩，接著左右晃了晃、抬起下巴深深吸口氣。

「**妳沒有資格當管制員！我要吊銷妳的雷達執照！**」安全官又爆炸了，「**妳這莫名其妙、走後門進來的冒牌管制員！三流貨色！老鼠屎！空管中心沒有妳這種蠢物！**」

安全官扯下自己的領帶、再用力撕開襯衫領口，露出裡面的衛生衣，接著他一口氣喘不過來，開始劇烈咳嗽。

合格的雷達管制員，必須在飛機相撞前十分鐘找出撞機衝突。

透過雷達螢幕上顯示每架飛機的機型、速度、高度、航路，在腦中不停心算幾分鐘後甲飛到哪裡、乙飛到何處、丙下降到什麼高度、丁撞到甲之前可以爬升到什麼高度，預測乙錯過丙會不會卡住甲、丁會不會在爬升中擦撞到甲跟丙……不過反應有快慢、智商有高低，有的管制員可以在飛機相撞前十三分鐘找出衝突，邏輯好的管制員可以在十五分鐘前找出衝突，有些天賦異稟的曠世奇才，甚至可以在相撞前二十分鐘看出端倪，最基本的要求是十分鐘內會相撞的航情衝突一定要看得出來。

「妳從現在開始暫停雷達管制職務，明天上午重新檢定。」安全官已經吼到失聲、用沙啞的嗓子擠出這幾句話，「負責檢定的有兩位行政院航管部督察、一位飛安特別小組安全官、兩位飛航管制局簡任官、兩位空管中心督導、兩位協調員。九票有三票以上認為不合格就是檢定未過，吊銷雷達執照，這輩子就別想再幹管制員。有沒有什麼話要說？」

新人臉色慘白愣在那兒，沒有反應。

2 國家地理頻道的鹿

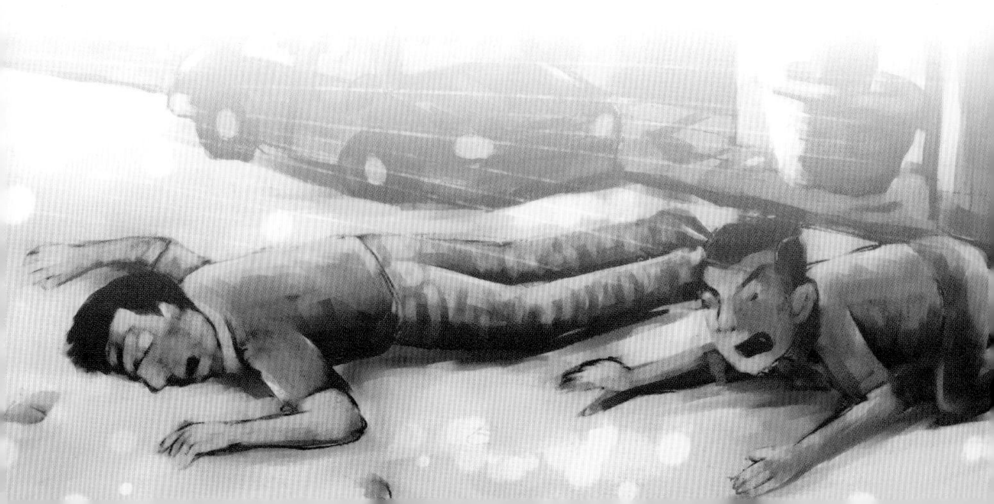

下午五點，我剛下雷達席位，帶著三個小朋友去一樓員工景觀餐廳吃晚飯，自助式沙拉吧，有海鮮義大利麵、咖哩飯、三種口味小披薩、奶油蘑菇濃湯、日式壽司、台式涼麵、生菜沙拉、還有熱炒專區，菜單上有蔥爆牛肉、鐵板豆腐、客家小炒、三杯杏鮑菇、蝦醬高麗菜、苦瓜炒鹹蛋、鹽酥蝦、炒山蘇、宮保魷魚、台式椒麻雞、香爆螺肉、左宗棠雞、香根肉絲、魚香烘蛋、黑胡椒鐵板山豬，現點現炒，白飯自取。

「是吃到飽嗎？」小胖看到琳瑯滿目的美食，興奮問我。

「我不是，你們三個是，」我笑了，「你們是貴賓，空管中心要攏絡你們。登在校刊的文章，記得幫空管中心多寫幾句好話。」

小胖沒等我說完就衝去拿餐盤，高妹跟眼鏡仔看我一眼。

「快去快去！你們先去拿，等一下來找我，我們坐落地窗旁那桌。」我下巴一抬，要他們倆也快去拿吃的。

當我們四個人吃到一半，隔壁桌穿著灰色套裝的管制員看了看我，緩慢站起身，走過來坐下。

「那個，早上真是謝謝你了。」套裝管制員對我說。

我看著她的臉，愣了一下沒認出來。

「啊！妳是上午被罵的那位！」高妹驚呼。

「妳被吊銷雷達執照了！明天要重新檢定考照！」眼鏡仔補充。

「嗚咿啊妳上午……飛機撞哇喔哇……差點哇嗚……嗚咿喔！」

小胖滿嘴食物還沒吞下去。

「小胖！吃東西不要講話！」我說，「好噁心，趕快吞下去！」

空管中心裡面有三百多位雷達管制員日夜輪班，二十四小時監控台灣上空所有的飛行器。電腦排班，每次一起上班的同事都不一樣，管制員彼此間不會太熟，除非有私交，不然通常連名字都叫不出來。

「妳看開一點，除了管制員，還有很多工作可以選擇，」我懶得問新人管制員的名字，反正她要被炒了，別費神去記，「管制員這個工作比較特殊，不是靠臉吃飯，是靠大腦，雷達執照要憑本事拿。妳長得不難看，做其他工作會很有優勢。」

「福哥，我知道你在安慰人，可是聽起來像在罵人。」眼鏡仔小聲說，「打個比方，就像這樣。高妹，妳長得不好看，做其他工作沒有優勢。但是妳不算太笨，妳去當管制員吧！」

眼鏡仔說完，被高妹打一拳。

「我就是非當管制員不可。」新人不卑不亢地回應，無視小朋友間的玩鬧。

「我當了十年的管制員，看過很多同事被吊銷執照、轉換跑道。有十幾個學長去考培訓機師，現在通通都在航空公司開飛機，有個學姊去法國藍帶學院學法國菜，現在回信義區開餐廳，生意興隆，還有個學弟在臉書上感謝安全官彈劾他、吊銷他的執照，讓他沒跟財神爺擦肩而過，轉行以後去賣房子，現在已經財務自由，不用為薪水工作。說不定妳離開航管圈，發展會更好。」我認真。

「你是不是也覺得我不適合當管制員？」新人直截了當問我。

「是的。妳是最不適合當管制員的那種人，叫做『**國家地理頻道的鹿**』。」我實話實說。

「國家地理頻道的鹿？」新人好奇。

「**國家地理頻道的鹿？**」三個小朋友複誦，高妹掏出筆記本寫下，眼鏡仔拿出筆電打字，小胖則是用手機開始錄音存檔。

「北美有兩千多萬頭野生的鹿，牠們夜晚穿越馬路的時候，被汽車大燈一照、會嚇到當場呆住，完全失能，無法應變，活活站著被車撞死，國家地理頻道常常在播。」我說。

「所以呢？跟我有什麼關係？」新人問。

「妳一聽到歐洲海豚警示系統在死亡倒數，就慌張到無法思考、大腦當機、六神無主，把兩年航管訓練都拋在腦後，衝突不會解、雷達不會看、英文也不會講、無線電通話術語講得結結巴巴、計算能力退化到小學生程度，跟被車燈照到眼睛的鹿一樣，張大嘴巴流口水等死。」我淡淡吐出真心話，發現自己其實比安全官還會用嘴巴修理人。

洗頭洗一半、講都講了，乾脆一次說清楚。

「說老實話，妳像一顆不定時炸彈，我不是針對妳個人，而是就事論事。我搭飛機出國玩的時候，不會希望妳在雷達席位上指揮我坐的飛機。我上班的時候，不會希望妳在我的上家或下家跟我共事。」

管飛機就像打麻將，一個管制員坐一個雷達位置。飛機好比麻將的一張牌，會從一個雷達席位丟包給下一個雷達席位。如果上家很弱、該解決的衝突沒解決，飛機又已經飛到下家的地盤、會在下家的空域相撞，那爛攤子就只好下家來處理。

我說到這裡，不忍心看新人哭花臉的模樣，假裝專心盯著高妹在筆記本寫什麼，又伸手指出眼鏡仔電腦文件檔「的」跟「得」用錯了。

「為什麼管制員嘴巴都很壞、罵人都很毒？完全沒有一點同事間的感情？」新人邊哭邊問。

「喔？為什麼呢？」小胖問。

「對呀，為什麼呢？」高妹問。

「怎麼會這樣呢？有什麼內幕呢？」眼鏡仔裝腔作勢，模仿「走進科學」的主持人，「究竟是道德的淪喪呢？還是人性的扭曲呢？」

三個小記者好興奮，一起在旁敲邊鼓幫腔，手上卻忙著寫筆記、電腦打字記錄。

「**因為這是一種找出二軍的壓力測試**。透過言語暴力，不斷地在精神上羞辱、凌遲新人，可以很快找出抗壓性差的管制員，這些人就是二軍。二軍上班的時候，要**非常**、**非常**留意他們的一舉一動。連語言上的霸凌、強暴都承受不了的管制員，心理層面沒有足夠的強度負擔飛機相撞前的巨大壓力。」我解釋。這份工作關係到人命、性質異常特殊，隨時都要降低飛安隱憂。

「**這是什麼歪理？有任何科學根據嗎？什麼狗屁壓力測試！**」新

人發飆了，拍桌子怒吼、震翻了兩碗湯，三個小朋友還被嚇了一跳。

「很好！妳這樣就對了！就是要有這種氣勢！別的管制員用言語攻擊妳，妳就要像現在這樣反擊、千萬不要忍耐！一忍下來妳就會被當成軟柿子，隨時被修理，」我話鋒一轉，「可惜妳開竅得太晚了，多麼痛的領悟啊，而且明天的雷達檢定，我敢打包票，妳一定不會過，不如這段時間就放鬆一下，調整心情，休息過後重新準備丟履歷找工作！」

「我真的沒有任何一絲機會通過檢定嗎？如果我承認九二共識呢？」新人紅著眼眶，不死心地再問最後一次。

「妳沒有任何機會通過檢定，妳就承認妳不適任吧！這是我們唯一的共識。」我笑出來。

「真的沒有機會嗎？」眼鏡仔複述。

「完全沒有希望嗎？」高妹問。

「我又餓了，可以再去拿一盤菜嗎？」小胖說完，被眼鏡仔敲一下頭。

我想了想，繼續補充。

「我不了解妳，我只能從妳剛才的表現來判斷，妳雷達檢定一定不會過。膽小、懦弱、容易慌張、邏輯不好、反應遲鈍、判斷拙劣、心算速度緩慢、頭腦不清楚、短期記憶力差、困境解讀力更差，我看是神仙也救不了妳。而且妳搞到歐洲海豚X版本都啟動一百二十秒死亡倒數了，那等於有妳、沒有妳都一樣，妳失去管制員存在的價值，沒有資格拿雷達執照領薪水。」

「**歐洲海豚X版本！**」聽到關鍵字，高妹面色一凜。

本來站起身要去拿菜的小胖，瞬間定住，跟眼鏡仔互望一眼。

三個小朋友的特殊反應，引起我的注意。

「你們有聽過歐洲海豚X版本？」我問。

「如果你說的這個歐洲海豚，就是我們心中所想的那個『EURODOLPHIN-X』，那真是久仰大名，如雷貫耳。」高妹說。

「歐洲海豚，是我們三個成立『飛行研究社』的動機。」眼鏡仔說。

「唯有如此，我們才能名正言順要求學校的課外活動組發公文、申請參訪空管中心，目睹傳說中的新世代超級航管系統電腦群。沒有正式行文，我們進不來管制區。」小胖嚴肅。

「這麼費工夫？我跟你們三個解釋一下，」我說，「一天二十四小時之內，台灣上空會出現兩百七十八次飛機相撞的交通事故，平均每一個小時都會出現十一次以上的撞機衝突，而管制員可以犯錯的次數是零。所以台灣空管中心的管制員，被『世界飛航管制員協會』揶揄為每天坐在火藥庫、提著腦袋上班的一群人。為了避免多如牛毛的空難發生在台灣，航管部飛航管制局年年招考新血、訓練三百多位飛航管制員，二十四小時在大園空管中心監視雷達螢幕、找出撞機衝突、解決衝突，同時斥資數百億採購超新世代航管系統

『EURODOLPHIN-X』，當作最後一道防線。『歐洲海豚』是超級電腦群，運算能力領先全球、為當前之最，每分每秒不斷掃描、檢查台灣上空所有飛行器，並預測衝突時間。當管制員無法在飛機相撞前十分鐘找出衝突並解決，歐洲海豚會在飛機相撞前兩分鐘發出一百三十八分貝的語音警報、倒數撞機時間，同時在雷達螢幕上閃爍紅光、標示出即將相撞的雷達目標光點，提醒管制員立即處理。」

三個小朋友忙著抄抄寫寫，新人若有所思。

「我有非當管制員不可的理由。只要可以重新拿到雷達執照，我願意付出任何代價。」她陰沉地說。

「我不清楚妳之前是怎麼通過檢定的，不過這次妳要憑運氣僥倖拿到執照是不可能的事情，」我一時沒注意，不小心說溜嘴，「除非使用我自創的管制技巧，『零撞機衝突模式』，可能會有一線生機。」

「**零撞機衝突模式？你有辦法幫我保住雷達執照？**」新人像是搶到救生衣的溺水乘客，興奮到站起身，越過桌子雙手抓住我的雙肩。

「喔？你自己發明的飛航管制技巧嗎？」高妹快速抄寫在筆記本上，發出「沙沙沙」的摩擦聲。

「零撞機衝突模式？」小胖對準手機錄音的麥克風說。

眼鏡仔沒說話，雙手不停敲打著筆電鍵盤。

「嗯，我是說有一線生機，不是保證可以通過檢定，重新拿到雷達執照。」我補充。

「**天下無難事，只怕有錢人！**」新人兩眼像要噴出火一般熾熱，「只要你發明的管制技巧能幫我重新考取雷達執照，我甚至願意出錢來買！」

「姆哇哈哈哈哈！」看著新人天真以為我要的是錢，忍不住仰天大笑，「妳太小看我了！我是用錢就可以收買的那種人嗎？」

「應該是吧！」高妹說。

「看起來有點像！」小胖說。

「豈止像？肯定就是！」眼鏡仔說。

三個小朋友不懂事，我不跟他們一般見識。

「你是福委，後天的尾牙餐會上，我幫你準備一個四十分鐘的晚會表演節目，」新人提議，「只要你願意教我『零撞機衝突模式』，無論我最後有無通過檢定，我都會出個節目，代替你上台表演。」

「喔？妳知道我是福委？」這點非常誘人，我忍不住認真考慮。

我忙著準備尾牙餐會的細節，包括試菜、聯繫廠商與外燴師父、安排桌次、挑選酒水等等，現在火燒屁股了，完全忘了準備晚會節目。找不到人表演，我就只好自己上台耍猴戲，給長官、同事們笑笑。

忽然間，我發現破綻。

「如果妳檢定沒過，妳會被航警直接帶離管制區，尾牙活動根本進不來，怎麼表演？」我質問。

「到時候再說囉！你就盡力讓我能夠通過檢定，重新取得執照不就得了！」新人緊抓著漂過眼前的浮木，爭取一線生機。

「福哥，你教她你發明的密技，我們把你寫成有血有淚、義薄雲天的『管制員之光』，校刊標題就用『空管中心看見人性光輝』、『大園德蕾莎』，管制員胡夏耘為幫助同事重新取得雷達執照，不惜兩肋插刀、私下傳授自創管制模式……等等之類的。」眼鏡仔看到故事性，十指「劈哩啪啦」在筆電鍵盤上迅速飛舞。

「對呀，我們剛好可以藉機大做文章！管制員為善不欲人知，私下幫同事補習，助其通過檢定！」小胖也慫恿我。

「助人為快樂之本，這點我們的確可以大寫特寫，幫助沒經驗的同仁精進管制技巧，對飛航安全有很大的貢獻。」高妹也幫腔。

我這個人很隨便、沒什麼原則，一被灌迷湯，瞬間好說話。

「好吧！我一切的作為，都是為了飛航安全。」我矯揉造作地說，還看一眼三個小朋友有沒有逐字逐句記錄下來，「如果傳授妳我自創的『零撞機衝突模式』能夠提高飛安係數、降低台北飛航情報區空難事故發生機率，那我卑賤的生命也算有了些許意義。飛航安全，世界一流，飛航服務，顧客滿意。你們三個有聽清楚嗎？會不會來不及寫？要不要我講慢一點？我再重複一次好了。」

「不用了、不用了，我寫下來了，提高安全標準、降低事故發生機率。飛航安全，世界一流，飛航服務，顧客滿意。」高妹嘆口氣，眼鏡仔哈哈大笑。

「我都錄下來了，一字不漏。」小胖得意。

「我要帶三個小朋友離開管制園區一下，去超市採買牙刷、牙膏、毛巾跟泡麵零食，晚點回來，妳晚上七點在模擬機室等我們。」我交代新人。

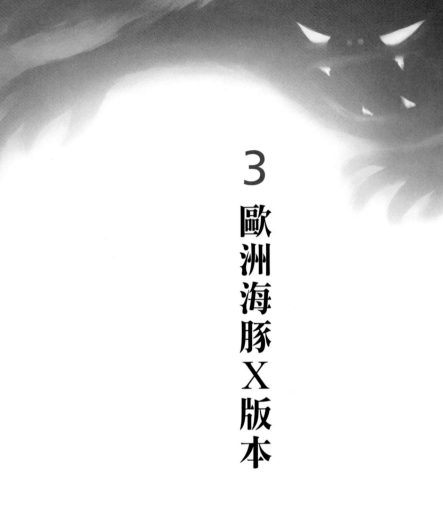

3 歐洲海豚X版本

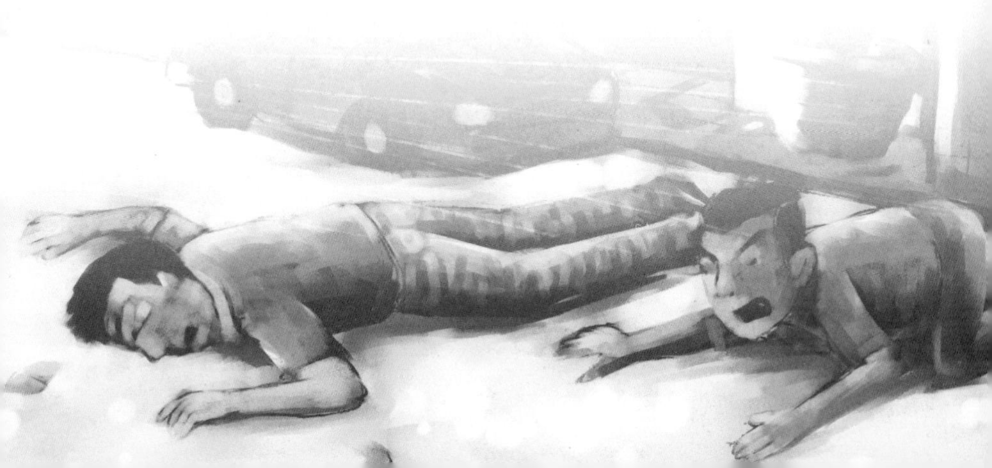

「我說啊，你們三個不是大園人、就是蘆竹人，幹嘛不回家睡，非要搞個四天三夜的夏令營？過夜也就算了，還忘東忘西，該帶的不帶，當空管中心是飯店啊？再檢查一下，還有沒有什麼沒有買到？」我開車載著三個小朋友採買沒帶到的生活日用品，天都黑了、快七點還沒回到管制區。

「我們想睡睡看管制員的『備勤室』，體驗體驗。」眼鏡仔說。

「對了，福哥，我跟眼鏡仔覺得你很眼熟，又看你穿迷彩戰鬥服，早上我們來的時候，聽到主任說你是生存遊戲玩家，想問一下我們是不是有下場對戰過？」小胖說。

「果然如此！去年有一場辦在大園廢棄工廠的生存遊戲，你們也有參加，對不對？」我恍然大悟，想起來在哪裡看過他們倆，「你是『殭屍小胖』、他是『不死鳥眼鏡仔』！」

那場大園廢棄工廠的生存遊戲有五十多人到場，現場隨機分成兩隊，各自在手臂上綁著紅臂章、藍臂章，免得誤擊隊友，接著所有玩家就帶著武器下場戰鬥，每回合十五分鐘，時間到再清點兩隊剩多少人存活。

生存遊戲是無裁判制度，玩家被對方子彈打中後就會自己舉手、站起身，退出交戰區，等待回合時間終了，或是其中一方被全數殲滅了，然後重新開始下一回合。

雖然是使用瓦斯槍、空氣槍、電動槍這種模型槍來戰鬥，但是下場對戰的ＢＢ槍因為被玩家調整過，換強力彈簧、加強氣密、改精密管、裝Hop-up、強化準度與射程，所以打出的ＢＢ彈威力不小，打到眼睛真的會瞎掉，沒有戴護目鏡是嚴禁下場，所有玩家都是全身包得密不透風、不露出一點皮膚。

大園廢棄工廠那場生存遊戲，我在第一回合一開始就找到狙擊點，拿著我的空氣槍在四十公尺外擊中蹲在汽油桶後側的小胖。照理說小胖應該要舉手、站起身，表示中彈了，退出比賽，等待這場結束，下一回合再進場。沒想到小胖賴皮、裝作沒事，繼續蹲在油桶後，我只好再開一槍、又打中小胖，他繼續裝傻，還是不舉手，東張西望在找射他的人，我再開第三槍，這次子彈打到他的手，很痛，看他在那邊甩呀甩地，還是不退賽，臉皮有夠厚，我氣得半死也拿他沒轍。

蹲在小胖旁邊的眼鏡仔，也是一樣情況。我的隊友連續打中眼鏡仔五槍，眼鏡仔不舉手就是不舉手、打死不退賽，後來其他玩家全部看不下去了，幫他們兩個取了綽號，「打不死的殭屍小胖」跟「不死鳥眼鏡仔」。

「打不死的殭屍小胖」跟「不死鳥眼鏡仔」因為臉皮太厚、被子彈打到也沒有感覺，所以桃園地區的生存遊戲聯盟將他們倆禁賽三年。

「我們是因為太強、太會戰術跑位躲子彈，才被禁賽，不是因為臉皮太厚被禁賽。」小胖還在解釋。

「別硬拗了，好難看。」高妹聽不下去。

「福哥四十多歲的老人，還跟我們十幾歲的小朋友玩槍戰，也不太好看吧！」眼鏡仔笑我。

「我被你們兩個氣到去打漆彈一陣子，至少有打中賴不掉。」我也笑了。

漆彈團體賽跟生存遊戲類似，差別在於漆彈槍打出的子彈灌了顏料、會在擊中目標後爆開染色，看誰身上花花綠綠的就知道誰中彈了。不過相較於生存遊戲使用的ＢＢ彈，漆彈比較貴，打漆彈的場地也需要租借費用，加上大多數玩家不會買漆彈槍，都是用租的，所以打漆彈的整體開銷遠大於生存遊戲。

這時總算把車開回空管中心大門口。

「會不會怕狗？你們早上進來的時候，也有碰到防爆小組的兩隻獵犬檢查吧！給牠們聞聞，不會咬人。」我轉頭叮嚀後座的小朋友。

每次進入飛航園區，我都會有種拍攝科幻電影的錯覺，即使已經在這裡工作十年還是如此。

占地九千八百坪的飛航服務園區屬於一級管制區，用厚達兩公尺、高七公尺的水泥牆圍住，足夠抵抗肩射型針刺飛彈的初級恐怖攻擊。

開車進入園區入口崗哨，開車門、後車廂，兩隻獵犬跳上車聞東聞西，關上車門，等待防爆小組使用車底探測器檢查有沒有被貼汽車炸彈，亮綠燈，開進園區停車場、停好車，我們四人提著塑膠袋走進空管中心主建築物一樓安檢處，通過X光安檢門、航警手持金屬探測器搜身。

到這裡為止一切都像一般的私人企業安檢，只不過比較嚴格一些。

接下來，要在大廳入口處選擇地上電梯或地下電梯。

主建築物地面上四層樓是行政辦公室跟雷達模擬機室，地下十五層樓是空管中心雷達管制作業室，裡面有上百位管制員坐在雷達螢幕前監控全台灣上空所有飛行器動態，包括客機、戰鬥機、救難直升機、無人機、熱氣球，電梯口前有歐洲海豚控制面板，使用者必須登錄「EURODOLPHIN-X」系統，開始一連串令我毛骨悚然的「人工智慧語音互動模式」。

「啊哈！胡夏耘保母！帶三位空管中心的小貴賓們就寢啊！」歐洲海豚的聲音很像空中英語教室的彭蒙惠，有種老奶奶的緩慢語調，卻藏不住數位虛擬人聲的金屬尾音，讓我忍不住打從心底戰慄。

淡綠色的光束掃描過我的眼紋，「管制員code，麻煩一下。」歐洲海豚說。

「管制員code洞八洞六兩兩三么Golf Bravo Victor Whiskey。我們要去二樓的雷達模擬機室。」我含糊不清念過，三個小朋友看到傳說中的歐洲海豚，興奮到跳上跳下、停不下來。

「嗯，你們去模擬機室幹嘛？三位貴賓想參觀？」歐洲海豚又問。

「問那麼多？我要使用雷達模擬機自我強化訓練，不行嗎？還要跟妳報告啊？」我反問。

「不愧是A級管制員，連下班時間都用來精進飛航管制技巧，我立刻幫你準備二樓的模擬機室，先開機第五號雷達席位。」歐洲海豚說完，電梯門打開，已經幫我按好二樓。

「拍我馬屁？」我喃喃自語走入電梯，三個小朋友跟在我屁股後面，在電梯關上之前看到新人慌慌張張地跑進來登錄歐洲海豚系統。

「電梯先別關，等一下。」我大聲阻止電梯門關上。

「管制員code，麻煩一下。」歐洲海豚跟新人要權限。

「洞洞么拐么么八三Uniform Kilo India November。」新人說。

一道綠光掃描過新人的瞳孔後，歐洲海豚又開口。

「白冷紅，D級管制員。妳已經被暫停職務，不得輪值雷達席位。請問妳現在來空管中心的目的為何？」

「我要使用雷達模擬機準備明天的考試。」白冷紅回答。

「依妳過去一年的表現來推測，再怎麼練習都是枉然，不如去拜拜還比較實在，妳需要的是奇蹟似的好運。」歐洲海豚用樂觀積極的親切語調說。

「哇！歐洲海豚連挖苦人的語氣都像管制員！人工智慧互動模式也太擬真了吧！」高妹嘖嘖稱奇，小胖跟眼鏡仔點頭稱是。

「哪有什麼厲害？就一台爛電腦而已。」白冷紅不屑。

「我不是電腦，我是『超新世代巨型飛航管理系統集合』，我的運算能力比全亞洲所有的『爛電腦』加起來還強大。如果耗資數百億採購的超級航管系統無法模擬管制員彼此尖酸刻薄的對話，那就是有採購弊案了。」歐洲海豚叨叨絮絮說了一大串，我忍不住又打了個冷顫。

為了放鬆管制員的緊繃情緒、增加管制員對新世代航管系統的信任，EURODOLPHIN-X版本刻意開啟語音互動功能，來展示、炫耀系統的跨時代科技能力。

不過，這種模擬真人對話的人工智慧語音互動模式，有時會讓我誤以為歐洲海豚真的可以獨立思考，這樣的想法令我不寒而慄。

可能是我電影看太多了吧！失控的管制員，若是意圖將飛機雷達導引去撞台北一零一大樓，只要將管制員打昏、拖下雷達席位、拔掉他的無線電插頭、再換個管制員坐到雷達螢幕前接管，叫飛行員飛好飛機就沒事了。

失控的歐洲海豚，可以同時指揮一千架民航機、救難直升機、熱氣球、戰鬥機去撞一零一大樓、法院、醫院、軍事基地……在任何人搞清楚狀況之前，整個政府已經癱瘓一大半。

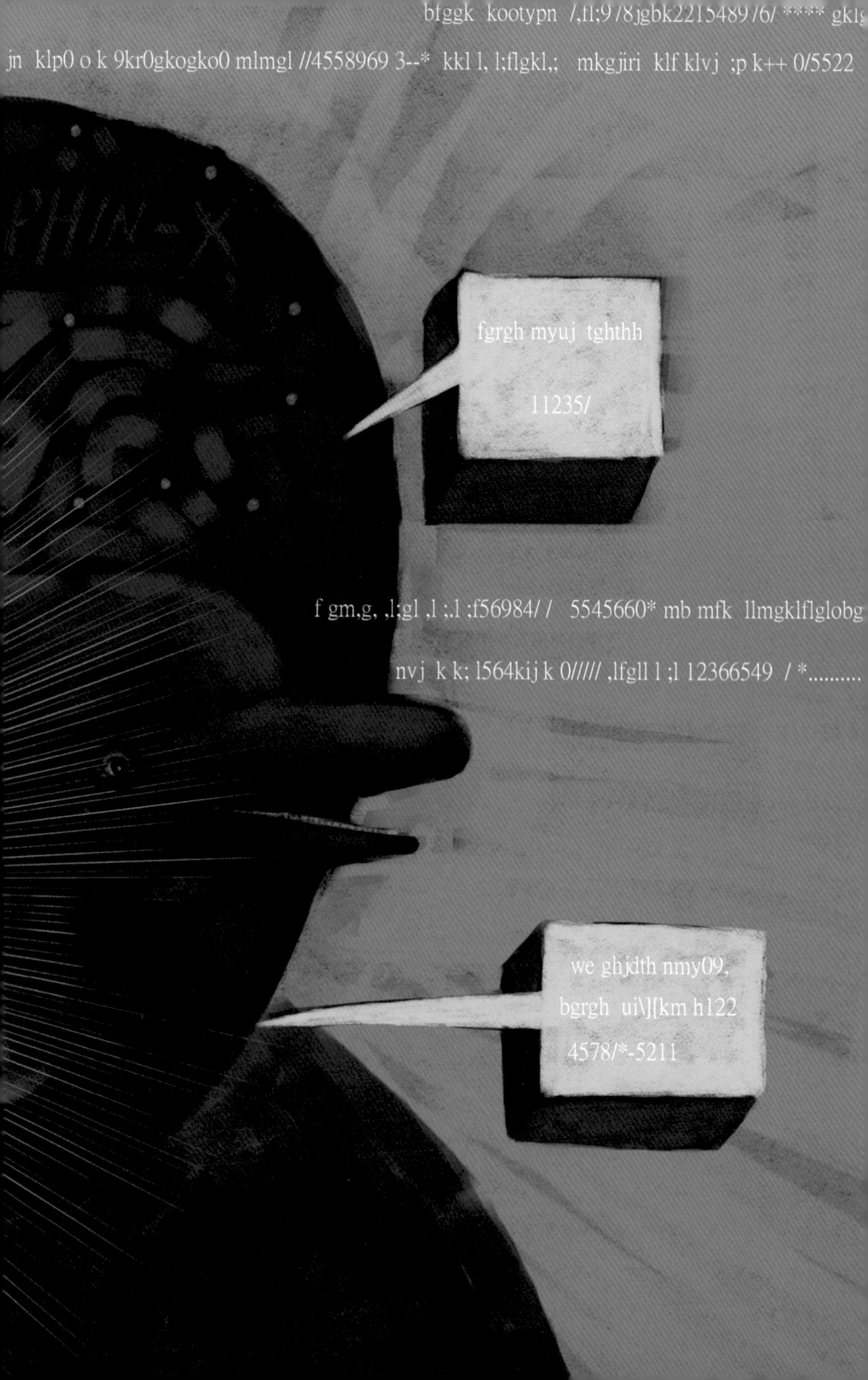
bfggk kootypn /,fl;9/8jgbk2215489/6/ **** gklg
jn klp0 o k 9kr0gkogko0 mlmgl //4558969 3--* kkl l, l;flgkl,; mkgjiri klf klvj ;p k++ 0/5522
fgrgh myuj tghthh
11235/
f gm,g, ,l;gl ,l ;.l ;f56984/ / 5545660* mb mfk llmgklflglobg
nvj k k; l564kij k 0///// ,lfgll l ;l 12366549 / *..........
we ghjdth nmy09,
bgrgh ui\][km h122
4578/*-5211

ktyl pl 25692 --/ // .... lkgjgiojrohyn,pnl
bj ktop opy p j9k56j69-- 56 // / ty;hl;h ;l'; ;;'
jyhj 1435uikluik / **
take me / 5547 **
nvjdfuu / **-
2 + 255
gl kk /5445562 36/ mkk gkld...gnm k 213 6 *-fmk nk k
njdgho k nnhjjj jki9--577ujn /*565569 6jjk jkdkl m1 132g hcj/ ......nj 12654* g

沒有人可以在第一時間阻止她。

所以地下十五樓的空管中心雷達管制作業室，鎖住EURODOLPHIN-X的權限，並沒有開啟語音互動模式，只允許歐洲海豚在飛機相撞前兩分鐘開始倒數讀秒，提醒管制員立刻處理撞機衝突。而除了地下十五樓外的所有地方則開放權限，歐洲海豚負責人員進出管制、登入與登出系統、身分核對、雷達模擬機室使用登記……等等雜七雜八的瑣事。

最重要的是，歐洲海豚X還是空管中心的社交之花，負責接待貴賓。其模擬真人抬槓、挖苦、互損的對話方式，總是能讓來參訪的高官、記者、學生、社福團體樂不可支、嘖嘖稱奇。

屢試不爽。

我們進入地上二樓的雷達模擬機室，裡面有六十五台雷達模擬機。模擬機做得跟地下十五樓空管中心作業室的雷達席位一模一樣，唯一的差別就在於模擬機螢幕上面的飛機，都是歐洲海豚製造的假雷達訊號。

我下巴微微一抬，要白冷紅先坐到模擬雷達螢幕之前，三個小朋友魚貫而入，站在後面安靜觀察。

「要想重新拿到雷達執照，就要了解雷達檢定的過程。」我解釋，「首先妳要通過一個小時的模擬機測試，安全官一定會從A級管制員的題庫裡面挑題目來為難妳。」

管制員每個月都會使用模擬機分級，D級的題目每小時會出現五次撞機衝突，C級題目每小時會出現八次撞機衝突，B級題目每小時有十二次撞機衝突，A級題目則沒有上限、至少二十次以上的撞機衝突會在模擬雷達螢幕上出現。

這表示A級題目平均每三分鐘就有兩架飛機相撞，總共會有四十架以上的飛機撞在一起。

「我剛剛聽到歐洲海豚說妳是D級管制員，所以說妳上個月的模擬機測試連C級的簡單題目都過不了，問題很棘手。」

「能不能用死背的？」白冷紅問。

「A級題庫裡面有一千多題，就算我們知道安全官一定會挑A級題目，妳全部背起來也要一萬年。」我拿出一本陳舊泛黃的筆記本遞給她，「與其背題目，還不如背模式。」

「這個就是『零撞機衝突模式』？」白冷紅一頭霧水、隨手翻了幾頁，揚起一陣灰塵。

「這是我十年的心得。我從一開始就是『超A貨』，」我回想，「每個月的模擬機測試，我也從來沒有漏掉任何一次撞機衝突，靠的就是這個模式。」

白冷紅一臉疑問，迫不及待打開筆記本，雙眼上下快速掃視，喃喃自語。

「畫了這麼多圖，你不解釋鬼才看得懂。」

「妳聽清楚口訣，**不管飛機哪裡來，通通打亂重新排。天大地大台科大，我的空域我最大。**」我嚴肅念出。

只見白冷紅呆了半秒、消化內容，三個小朋友搶先一步笑到東倒西歪。

「嘻嘻嘻嘻……嘿嘿……」高妹摀嘴竊笑。

「什麼跟什麼？還台科大、哈哈哈哈……福哥你是鄉民嗎？哈哈哈哈……」眼鏡仔笑到站不住，腳一軟坐到地上。

「姆哇哈哈哈哈哈！這是什麼破口訣？啊哈哈哈哈……」小胖更

誇張，笑到在地上躺平。

一連串的譏笑令我顏面無光，趕緊開啟模擬機題目，讓飛機從四面八方湧進雷達螢幕，轉移焦點。

短短十秒鐘，已經有五架客機從航路B五九一進入、三架客機跟一架貨機從邊境點SULEM進入台北飛航情報區，而SALMI邊境點外側有六架客機蓄勢待發、排隊準備衝進雷達螢幕，同時桃園機場起飛的四架客機在螢幕上閃綠色、已經吵著要爬升。

坐在螢幕前的白冷紅一看到這麼多飛機像洪水一般灌進來，笑容瞬間灰飛煙滅，像被吸血鬼抽乾全身血液似地臉上毫無顏色，又變成一臉白紙樣。

「Taipei control, Aero Prodrive 585 request climb flight level four zero zero.」

「Taipei control, Air Muskoka 1087 over KASKA, flight level 320, request descend.」

「台北，早上好，上海金桂航空八〇七在SULEM西側十海里，高度飛航空層三四〇，請求直飛BERBA，謝謝啊，同志。」

「Taipei control, Red Patriot 1241 re-route via SALMI, flight level 340, due to weather request descend flight level 280.」

模擬機題庫裡的飛機爭先恐後地搶著發話、中英文夾雜，在無線電裡面轟炸白冷紅。

英文是全世界飛航管制通用的語言，不過有時候大陸的機師會刻意跟台灣航管講中文，一來英文不夠好，二來試圖拉近距離，親近親近，申請更多福利，歐洲海豚連大陸籍航空的特色都能模擬，故意混了幾架講中文的飛機在其中。

我觀察白冷紅的反應。果不其然，白冷紅又開始結結巴巴，講不出話，分不清優先順序，大腦呈現當機的失能狀態。

A級管制員像是記憶體有四十G的十八核心旗艦手機，可以同時開多個視窗瀏覽網頁、打電動、聽音樂、上PTT、視訊通話、通話錄音錄影……多工執行數十個APP而不會當機。

白冷紅像一支記憶體只有五一二MB的單核心手機，連開個通訊錄都跑不動，一直轉圈圈。

光是無線電裡講英文的機師混著講中文的機師，中英文交互穿插跟白冷紅申請許可，這簡單的語言轉換過程就會消耗掉她的記憶體，讓她當機。

「歐洲海豚，題目暫停。」我下指令。

「太快了吧？題目才開始跑三十秒而已。」歐洲海豚把雷達螢幕凍結的同時不忘酸兩句。

現在每一架飛機都停止不動，無線電也沒有飛行員在申請高度、申請航向，白冷紅卻已經目光渙散、無法對焦，額頭的瀏海被冷汗浸溼、黏成一團。

「不管機師用中文還是用英文跟妳申請許可，通通用英文的航管術語回答，這樣比較單純。妳反應比較慢，所以要把所有複雜的事情都盡量簡單化。」我教她。

「好。」白冷紅說。

「妳現在看得出來幾架飛機會相撞嗎？」我問。

三個小朋友也湊上前，眼睛貼著雷達模擬機螢幕，看半天不說話。

「嗯……看起來好像沒有衝突……」白冷紅支支吾吾。

我搖搖頭，嘆口氣。

「我已經看到兩起撞機衝突。妳根本看不出來飛機會相撞，自然沒有辦法在撞機前指揮飛機轉向、改高度。妳還記得剛剛被小朋友們嘲笑的口訣嗎？」我問。

「天大地大台科大，我的空域我最大。不管飛機哪裡來，通通打亂重新排。」白冷紅回答。

「既然妳找不出撞機衝突，就乾脆讓妳空域內的每一架飛機都照著設計好的『零撞機衝突模式』來飛。」我說。

白冷紅想了一下。

「翻開筆記本，現在裡面畫的圖是不是都有意義？」我再問。

只見她瞬間睜大眼睛、用力盯著每一張筆記本內畫的空域解說圖，比對螢幕上的模擬光點，從第一頁開始一頁接著一頁翻下去，眉頭越皺越深、臉上的肌肉線條越來越猙獰。

「零撞機衝突模式原理很簡單，就是雷達導引每一架飛機、拉長飛機滯留的時間，不准讓飛機自己亂飛。台灣的空域不夠大，每天都會發生高速公路大塞車的情況，飛機不像汽車可以靜止不動，一塞機就會撞成一團。所以延長飛機的飛行距離，只要能保證每一架飛機都照模式飛，就絕對不會撞。」

我繼續解釋。

「舉個例子，台北盆地突然下超大豪雨，一小時就超過七百毫米，馬上從南港一路淹水淹到木柵。如果一口氣挖一百個水庫，將暴雨引導到這一百個水庫，再加上五百個抽水站，加速雨水排進蓄水池，就能夠延後市區淹水的時間。當飛機像洪水般從四面八方灌進台北飛航情報區，我設計的這些模式就是數十座超大型水庫，讓飛機滯留在空中，沒有辦法快速排出，卻絕對不會淹水。」

我讓暫停的題目重新啟動，開始一步一步指導白冷紅背誦、記憶「零撞機衝突模式」，不斷耳提面命其中的關鍵訣竅。題目跑了十五分鐘，螢幕上已經出現四十七個雷達光點，到目前為止還沒有飛機相撞。

白冷紅只要一打鐵、腦袋當機，講不出話來，我就立刻暫停題目，仔細講解，解釋到她聽懂為止。

題目原設定時間是一小時，經過我們這樣密集地暫停、啟動、暫停、啟動，走走停停幾十次，等到完整跑完整題共花了四個多小時。

這時候，眼鏡仔跟小胖已經睡到天昏地暗、發出鼾聲，高妹則是在椅子上歪著腦袋，不斷點頭。

原本A級題目一小時之內應該要出現二十次以上的撞機衝突，白冷紅照著我的模式來指揮飛機，沒有發生任何一次撞機空難。

「一小時之內不到一百架次的航行量，挖兩個小水庫就夠了。超過兩百架次的航行量，要挖五座水庫。既然我們知道安全官一定會挑A級題目，一小時之內會有超過三百架飛機經過妳的空域，妳至少要挖十座大水庫才能保證不會撞機。我們只練習最大空域容量的『零撞機衝突模式』，妳死活都要練熟十座水庫的模式。」我指示。

「我已經有概念、理解模式運作原理，剩下的部分容易多了，只要熟練這套模式，我檢定一定會通過，」白冷紅信誓旦旦，「我去洗個澡、吃點東西，等一下繼續練習。今晚就不回家睡覺。」

「不回家不用跟我報備。」我一揮手，想到什麼又回頭提醒。

「明天雷達檢定的時候，會有很多人圍觀。休息的同仁全部會從地下十五樓，跑到地上二樓的模擬機室湊熱鬧，你一言我一語地高談闊論、批評妳的管制技巧，妳要有心理準備。這些會讓妳分心的冷嘲熱諷，也是檢定的一部分。」

白冷紅點點頭，我則是把三個小朋友叫醒，帶他們去備勤室就寢。

4 雷達執照

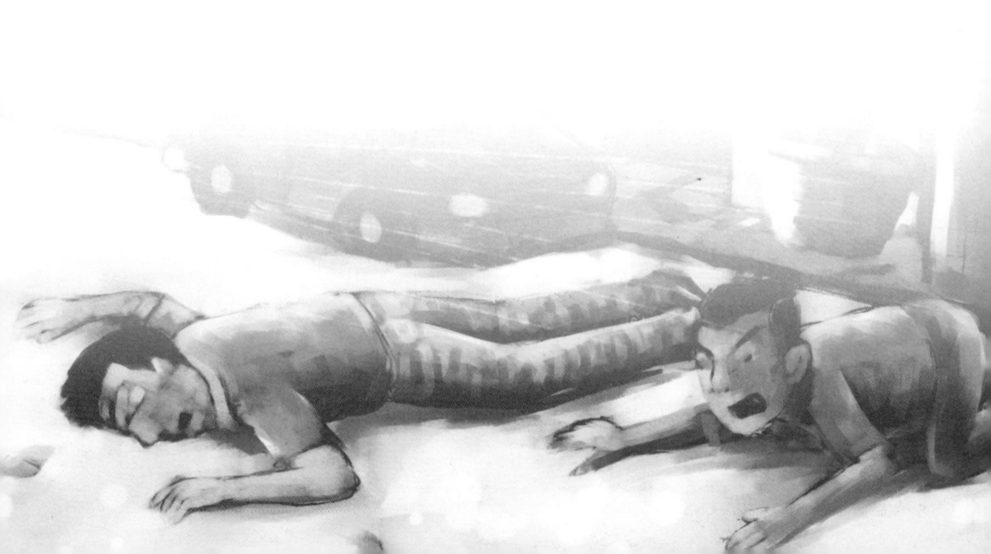

飛航管制員是需要高度集中精神的工作。

為了維持管制員的注意力，實行做一休一制，在席位上盯著雷達螢幕指揮飛機一小時，就可以下席位休息一小時。

「你們想看雷達檢定嗎？我帶你們去看好戲。」我早上十點一下席位，立刻帶著三個小跟班，搭電梯從地下十五樓到地上一樓，換乘地上電梯到二樓的模擬機室，電梯門打開之前我就聽到類似早晨傳統市場吵雜的喧鬧聲，門一打開，至少有幾十位管制員已經擠到現場、旁觀白冷紅的雷達檢定。

偌大的模擬機室人聲鼎沸、擠到水洩不通，人群多到出現賣烤香腸的攤販也不會突兀。

只見模擬機室六十五台雷達螢幕，每一台都正同步顯示白冷紅測驗的實況。我就近看著螢幕，白冷紅測驗的雷達席位是海峽席，題目已經走到航情量的高峰，空域內目前大約五十到六十架飛機，白冷紅挖了七座水庫，五、六十架飛機都被她導入「零撞機衝突模式」，我快速掃視全螢幕，目前雷達上沒有任何飛機有相撞的可能性。

考官群中的兩位行政院航管部督察，並非管制員出身，看到模擬機上滿滿的雷達光點、亂中有序地繞圈圈、走迷宮、趣味盎然地不斷諮詢兩位協調員，想一窺究竟，多了解一些飛航管制的原理，而安全官和兩位督導、兩位飛管局考官是內行人，則是滿臉訝異、不敢置信地看著白冷紅把每一架飛機都雷達引導去飛待命航線，利用最小高度隔離和水平隔離的標準來錯開每一架航機，避免撞機衝突。

「小胖，你比較壯，你來開路往裡邊擠，高妹跟眼鏡仔隨後跟上。」我交代小朋友，自己則是靠著過人的腰力與蠻力硬擠到考官群身邊偷聽。

考官們嘖嘖稱奇，讚不絕口。

「太狡猾了！每一架航機都雷達引導飛待命航線，當然不會撞！」一位飛航管制局考官說。

「虧她想得出來！這麼小的空域塞進這麼多飛機繞圈圈，一不注意還是會在改變高度的時候發生衝突！」另一位飛航管制局考官回應。

「哈哈哈哈哈哈！深藏不露喔！這麼多飛機全部飛holding，我來指揮也是會緊張！我一個人管四十架以上的飛機就頭昏了，現在螢幕上有幾架？」空管中心督導插嘴。

「至少五十架以上，而且你現在還能同時管四十架？我看是你年輕的時候才有辦法吧？這個管制員平常在裝笨嗎？判若兩人！」協調員回應。

「你們不要太早下結論，讓整個題目跑完再說。」當督導跟飛管局考官在高談闊論的同時，安全官鼻子哼了哼，開口說道。

我看一下計時器，題目已經跑了三十五分鐘，目前是飛機數量最高峰，我叫白冷紅挖十座水庫，她只挖七座水庫引導飛機，居然也有辦法疏洪，這倒是讓我出乎意料。

可能她忘了，可能她判斷七座水庫就夠了，也有可能零撞模式比我想像的還強大，只要飛機不撞，飛航管制沒有一定要怎麼做的限制。

「照這樣的表現，我會投票讓她留住雷達執照。」最資深的督導放話，大家都叫他爺爺，已經到了可以退休的年紀。

「我也是。」第二資深的督導奶奶附和。

安全官臉色鐵青、接著轉紅、血壓上升、血液往腦袋衝，看樣子即將爆炸。

「假的！冒牌貨！一定是背題目！」安全官陡然間大吼，白冷紅嚇一跳、一分神一架飛機偏離航道、跟另外一架過境航班出現衝突，白冷紅手忙腳亂地叫過境班機立刻改變高度、接著把偏航的飛機引導回等待航線，運氣不錯，沒有節外生枝，順利化險為夷，平安無事。

只見她快速掃視雷達螢幕上下左右、生怕漏掉一架沒注意到的飛行器，而安全官發現大吼大叫可以嚇到白冷紅，嘴角微微上揚露出不懷好意的冷笑，突然間又再次發難。

「妳是不是背題目！妳說！是不是背題目！」安全官再度大吼，這次不只嚇到白冷紅，連兩位最資深的督導都被惹毛。

「你什麼東西？你在鬼吼鬼叫什麼？我跟奶奶有心臟病你知不知道？你在大小聲什麼？我問你話、眼睛看著我！小屁孩！你還在包尿

布玩沙的時候、我就在雷達席位上管飛機了！你算老幾！小鬼再大小聲試試看！」爺爺飆罵安全官，奶奶也對安全官怒目而視。

安全官低頭不敢吭聲，算算時間，爺爺奶奶還在第一線當管制員的時候，安全官確實還在吃奶的年紀，而且當初也是爺爺幫安全官引薦到飛安會特別小組占缺升職等、是安全官平步青雲的推手，現在被爺爺拉正，吭都不敢吭一聲。

「**被罵要站好！手不要晃來晃去！五指伸直併攏、中指貼褲縫！兩腳跟靠攏併齊！兩腿挺直！兩膝靠攏！站都不會站！有沒有當兵啊你？你替代役吼？老子最肚爛替代役！好手好腳不拿槍保衛家園、穿得土黃土黃、土裡土氣的看了就討厭！一肚子火……**」爺爺還在修理人，行政院航管部督察開始打圓場。

「學長，不要激動，我兒子也是服替代役的，兒子是我們夫妻倆的心肝寶、心頭肉，捨不得送給國軍折騰，你也有小孩，你一定懂。看情況這位管制員檢定表現似乎比預期好，是否要開會討論她的去留？」

「不用開會，直接投票。現在跑的是年獸級題目，這種航情量只有在管制員最恐怖的惡夢裡才會出現，現實工作環境中不可能發生。她可以坐在席位上四十幾分鐘不撞掉任何一架飛機，已經比一半以上的管制員優秀，應付實際工作情況游刃有餘。如果吊銷她的執照，那有一半的同仁都要滾蛋了。贊成白冷紅保留雷達執照的請舉手。」爺爺說完立刻舉手。

除了安全官之外，所有檢定考官都舉手通過保留白冷紅雷達執照。安全官見大勢已去、又下不了台，臉紅脖子粗地僵在原地，雙手握拳、瞪大雙眼，活像在微波爐內被加熱的金魚。

「你是安全官，安全不能妥協，你的立場是寧可錯殺一萬也不能放過一個，你只是在做好你的工作而已。爺爺就事論事、不是針對你，這位新人A級題目的表現大家有目共睹，你也知道以這種等級題目的飛機數量，背題目是不可能的事情。」奶奶語氣和緩地給安全官台階下，同時一針見血點出關鍵。

飛機像洪水一樣灌進台灣上空，其中一架下的指令不同，就會產生完全不一樣的排列組合。

蝴蝶效應。

好比圍棋關鍵時刻下錯一步，就是大獲全勝與全盤皆墨的差異。

白冷紅如果有辦法背A級題目，那她現在不會在這裡當管制員，應該是在美國太空總署計算火箭平衡、衛星軌道，或是代表全人類跟電腦比賽下圍棋之類的。

安全官無奈點頭，看來他也想通了。

「我跑票。我改投贊成票，全數通過。」安全官改變主意。

整間模擬機室爆出掌聲恭喜白冷紅檢定合格，高妹跟眼鏡仔忙著記錄，準備大做文章，小胖則是用力拍手，大聲叫好。

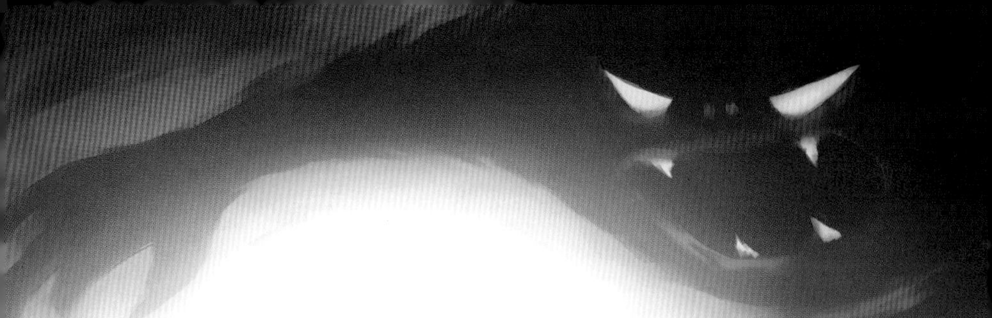

5 軍事飛航情報處

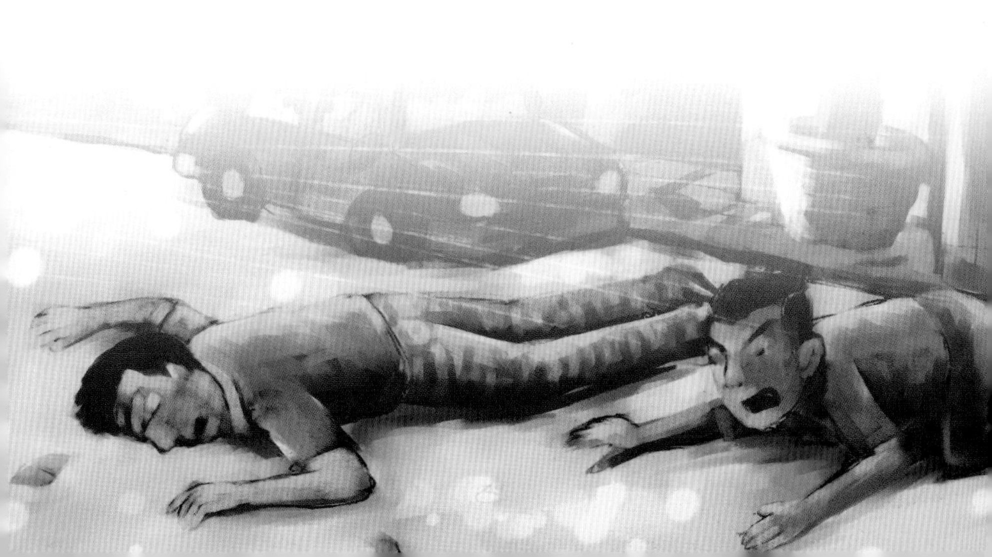

檢定結束，白冷紅跟在我和三個小朋友後面走出模擬機室。

「說話算話嗎？尾牙節目長度至少要四十分鐘，那就麻煩妳囉！」我轉頭看到白冷紅，問她。

「那當然！唱歌可以嗎？四十分鐘夠我開演唱會了！」白冷紅通過雷達執照檢定後氣勢如虹，像是變了個人似的，說話的語氣跟眼神自信滿滿。

「**不行不行！唱歌不行！**大官都很愛唱歌，尾牙喝酒喝嗨了就會衝上台跟妳搶麥克風，到最後唱得開心、賓主盡歡，覺得我尾牙辦得很好，會叫我連莊當福委，明年繼續辦尾牙。唱歌不行，千萬不行。妳還有什麼才藝？」我緊張。

三個小朋友哈哈大笑，高妹一口礦泉水嗆到不停咳嗽，小胖跟眼鏡仔在地上狂笑打滾，最後互相扶持才勉強站起身。

「啊！原來是要故意搞爛啊！你早說嘛，你這個負面教材，給小朋友見笑了，」白冷紅恍然大悟，「我平常有在慢跑，如果可以弄台跑步機到台上，我就表演跑馬拉松，四十二公里，保證節目長度至少五個半小時，甚至更久。」

我想了想，全馬可以跑到五個半小時，用走的會不會快一點？這個節目真的是太爛了，爛到爆炸。

「好，就這麼決定了，我會幫妳把跑步機搬上舞台。」我興奮。

「咦？不是在開玩笑？福哥你是認真的嗎？」眼鏡仔忍不住又笑出來。

「我的天啊！」高妹也噗哧一笑。

「姆哇哈哈哈哈！太搞笑啦！尾牙有我們三個位置嗎？我們一定要留下來看好戲！」小胖幫腔。

「當然有位子！我都安排好桌次了！」我說。

上午拿到雷達執照，白冷紅立刻回來上班，下午我趁著空檔，稍微留意她的雷達管制空域。

只見她越來越熟練我教的水庫式引流法，在航情量繁忙時，白冷紅挖個兩三座水庫引導航機也足夠疏洪，而且還游刃有餘地可以跟恭喜她通過檢定的同事聊個兩句。

所有管制員都對白冷紅突飛猛進的管制技巧感到詫異。

我剛好輪到北部雷達席，白冷紅輪值海峽雷達席，我們兩個位置肩並肩，責任空域相連，我手上的飛機會交接給她，她手中的飛機也會換無線電波道給我，瞄一眼她的雷達螢幕，看她駕輕就熟挖了兩座水庫來雷達引導航機，我內心一股成就感油然而生。

約莫從晚上六點半開始，台灣空域出現一波航情高峰。

這個時段的空中交通本來就很繁忙，加上天氣不好，香港國際機場上空有多胞雷雨，發布雷雨警報，機場關閉，原先計畫要降落在香港的飛機通通轉降澳門國際機場。

而澳門機場天氣也不好，又只有一條跑道，一架轉降的客機落地後煞不住、衝出跑道，卡在跑道末端動彈不得，癱瘓整座澳門機場的運作。

這下子可好了，預定要去澳門跟香港的航機像無頭蒼蠅般四處亂竄，油料不足是最大隱憂，有的去廣州白雲機場降落，更多飛到台灣飛航情報區，請求轉降高雄小港機場或桃園國際機場，落地加油順便等香港跟澳門機場重新開放。

空管中心的同仁全部忙翻天，各個波段的無線電通話全部爆量，發話完全沒有中斷，一架飛機接著一架飛機連續不斷在無線電中請求雷達導引、躲避雷雨胞、申請低油量的緊急優先降落順序……屋漏偏逢連夜雨，晚上要來接班的空管中心交通車在高速公路上遭遇大塞車，滿滿一台遊覽車的管制員通通卡在國道二號青埔交流道附近，進退維谷。

我跟白冷紅、還有所有早班的管制員，經歷一整天疲勞轟炸，從晚上六點半開始暫停輪休，眼睛沒有一秒鐘離開雷達螢幕，忙到連倒杯水的時間找不到，原本晚上九點就可以解脫了，現在通通留下來支援前線，直到接班同仁趕到前都不得鬆懈。

「你們三個，去幫大家倒水。」我百忙中抽空請小跟班們幫忙。

三個小朋友立刻衝出雷達管制室，再進來時端了三個托盤，上面擺滿裝了水的紙杯，四處分送給在席位上忙碌的管制員。

一般人的注意力可以集中的時間是十五分鐘，飛航管制員透過訓練，可以維持高度精神集中長達一個小時，而現在所有值班同仁已經連續工作兩個半鐘頭，遠遠超過極限，我估計馬上就會有管制員在席位上昏倒或是崩潰了。

果然，東部雷達席的資深管制員緩緩站起身，脫下耳機麥克風，拔掉無線電插頭，轉頭跟身後的協調員說一聲「我不行了……」然後就倒在地上口吐白沫，身體不由自主地抽搐。

看樣子是用腦過度加上精神壓力引起的中風。

「**快點通知醫護人員！**」督導指揮，協調員已經慌慌張張接管他的雷達席位。

「督導，我也不行了！」南部雷達席的年輕管制員摔下座位，連無線電都來不及拔掉。

安全官趕忙衝過去暫時接管南部雷達席位，一面大吼大叫，「**接班的同仁還要多久才會趕來？**」

西部雷達席的管制員連話都沒講、直接在席位上失去意識，軟軟癱瘓在座位上。

西部資料席的管制員不願遞補雷達席位、直接辭職走人，連滾帶爬地拋下一句「老娘不幹了」，衝出管制室收拾私人物品。

眼看已經沒有足夠人力接管西部雷達席，我直接指揮歐洲海豚幫忙。

「歐洲海豚，開啟語音互動。」

「管制員code，麻煩一下。」歐洲海豚跟我要權限，地下十五樓鎖住歐洲海豚語音互動的使用，需要用管制員code解除限制。

「**管制員胡夏耘，code洞八洞六兩兩三么Golf Bravo Victor**

Whiskey！開啟語音互動！我要接管西部雷達席！把西部席的飛機通通合併到我的雷達螢幕上！無線電波道都換給我！」

用管制員權限開啟歐洲海豚的語音互動功能後，可以直接聲控指揮歐洲海豚。

「抄收，西部雷達席合併到中部雷達席。」歐洲海豚把西部席的飛機通通併到我的螢幕上，我現在一個人要做兩個人的工作，同時管制西部席跟中部席的飛機。

輕鬆愉快。

我發明的「零撞機衝突模式」，就是專門針對這種突然間爆量的飛機洪水所設計的疏洪待命航線，我就算一次接管兩個雷達席位，頂多挖五座水庫也足以應付，而我的極限是同一時間挖二十座水庫。

現在還遠遠不到我的壓力區域，我看一眼白冷紅，她也還算鎮定，整個空管中心地下十五樓的管制室只有我跟她老神在在，專心地看著雷達螢幕導引航機避撞衝突，其他管制員全部都是披頭散髮、聲嘶力竭的狼狽模樣。

不知過了多久，總算聽見嘈雜的腳步聲湧進，有人拍拍我的肩膀，「西部雷達席可以還給我了，我來接管！」接班的同仁終於趕到，白冷紅遠遠看我一眼，眼神中充滿深沉的複雜情緒。

把三個小鬼趕去備勤室就寢，我慢慢踱步到停車場，發現白冷紅已經站在車子旁邊等我。

「怎樣？」我問。

「今天你有看到安全官暫代雷達席位嗎？飛機管得亂七八糟！哈

哈！我真想問他是怎麼拿到雷達執照的！昨天還把我罵得狗血淋頭，結果自己上席位做得一塌糊塗，沒有飛機撞掉是他運氣好，真是太諷刺了！」白冷紅洋洋得意。

「我不是在幫安全官說話，今天這種情況，再老練的管制員都會驚慌失措。」

「結果最淡定的就是你跟我了。」

「對啊。」

「謝謝你把你獨門的密技傳授給我。」

「不謝，我們互相利用罷了。明天晚上的尾牙表演，就麻煩妳了。」我說。

白冷紅對我比了OK的手勢。

尾牙這天，除了正在席位上管飛機的同仁，所有管制員與行政人員通通都集中在空管中心主建築物一樓的員工活動中心辦桌、吃流水席，席開三十桌、還特別留七桌給正在值班的同仁，讓他們休息時間也可以來熱鬧熱鬧、吃吃喝喝。

「各位俊男美女，再次提醒大家，要值班的同仁請勿飲酒，上雷達席位前歐洲海豚會給各位酒測，超標就用公共危險罪起訴你，請勿心存僥倖、以身試法。讓我們歡迎今晚的表演嘉賓，白冷紅管制員，請大家掌聲鼓勵鼓勵！」我身兼司儀，看著每桌上菜的速度、控制晚會的流程。

眼角瞄到主桌幾位大官有的偷吃喉糖，有的用手機查詢歌單、歌詞，磨刀霍霍準備凌遲所有同仁的耳根子，我洋洋得意地拉開舞台布幕。

「我身為福委，就是要替各位同仁謀福利，如果今年的表演節目跟去年一樣是『卡拉ＯＫ飆歌之夜』，那就是我失職。」我說到這裡，台下不想聽長官唱歌的同事們全都用力鼓掌。其實大家也都喜歡唱歌，只不過一線管制員職等最高只到薦七攻頂，今晚這種冠蓋雲集的場合，不是簡任官、沒有十職等以上，肯定無法上台拿麥引吭。

「所以，現在就讓昨天剛拿回雷達執照的白冷紅，為大家表演跑馬拉松！四十二公里！保證冷場！絕無精彩！內行看門道、外行看熱鬧！不好看正常、好看就退票！童叟無欺……」我語無倫次地大聲宣布，像地下電台賣假藥一般胡亂宣傳一通，台下爆出熱烈的掌聲與歡呼叫囂，只見舞台正中央的跑步機上，熱身完成的白冷紅蓄勢待發，看了我一眼，等我的指揮。

我舉起手中的玩具槍（起跑信號槍有火藥不准帶進管制區），朝天擊發，砰！

白冷紅開始在履帶上跑了起來，我將鏡頭拍攝畫面投影到舞台左側大螢幕，右側大螢幕則播放電影「阿甘正傳」中女主角大喊：「Run! Forrest! Run! Run! Forrest! Run!」的片段，台下已經嘻嘻哈哈笑成一團。

「出菜不要停！喂！餐廳的小帥弟，可以繼續上菜！」我一邊主持，一邊打量著坐在主桌席的長官們，「今晚的節目從一而終，就讓白冷紅慢慢跑完四十二公里，大家看看她的姿勢，非常不標準。等她跑完大概要五個鐘頭，今天現場完全沒有準備伴唱帶，也沒有辦法唱卡拉OK，大家可以放心地、安靜地好好吃頓飯。」我說，接著盯著主桌的長官們微笑，不想錯過好戲。

大官們先是露出茫然的表情，過了幾秒，總算搞清楚了今天不會有機會上台高歌一曲，頓時間同仇敵愾，對我怒目而視。

航管部部長伸手指了指我，轉頭用不在乎讓我聽到的音量跟飛航管制局局長交代，「你們福委是用輪的、還是用選的？如果是用輪的，以後都跳過這位管制員。不唱歌要早點跟我報告，枉費我昨晚還練唱練到三更半夜，真是的。」

部長好大的官威、持續不斷抱怨，飛航管制局局長、副局長、空管中心主任跟安全官猛陪笑臉安撫部長，主桌大官們開始飛觥獻斝、相互敬酒，觥籌交錯間漸漸轉移注意力，沒人理會台上慢跑的白冷紅跟我。

我溜到三個小朋友那桌，看了看菜色，硬擠出個位子坐下來，拚命往碗裡挾菜，接著低頭猛吃。

「你們多吃一點！明天就要離開空管中心了，晚上記得收拾行李，別忘東忘西！」我交代他們。

「福哥！我以茶代酒，敬你一杯！這幾天很感謝你的照顧！」眼鏡仔舉杯，高妹跟小胖也拿著柳橙汁敬我。

「好說好說！你們有我的聯絡方式，有問題隨時跟我聯繫。校刊印出來以後，記得寄給我一本！」我笑說。

吃著吃著，連我也忘了台上的表演節目。

等到大家酒足飯飽，陸續離開員工活動中心，白冷紅還跑不到十五公里，卻早已氣喘吁吁，全身被汗水浸溼，依然不忘保持呼吸節奏，「吸、吸、吐，吸、吸、吐……」堅持住兩吸一吐的頻率。

好不容易人潮漸漸散去，整個員工活動中心只剩軍事飛航情報處那兩桌還在用餐。

說用餐不太恰當，軍事飛航情報處從處長、副座、任務組組長、副組長、幾個外站情報據點站長、副站長，到每一位情報員都面無表情坐著，彼此間毫無視線交集，看起來像是在玩「誰先講話就輸了」──這種遊戲，保持絕對靜默，又像是某種神祕宗教團體的獻祭儀式，加上他們全員都穿黑西裝，不說我還以為那兩桌是來參加黑道角頭的告別式。

突然間，整整兩桌情報員全望向我，嚇得我從座位上跳起來。

軍事飛航情報處可以說是航管部的監視單位，偵蒐的情資直達天聽，向最高層級彙報，大至採購弊案、管制區反恐維安、防爆小組名單、內亂罪、外患罪政治偵防、洩密罪、組織犯罪調查，小到航管部下轄單位人員酒駕、婚外情、小三住哪、小王是誰、私生子幾歲、外包廠商背景調查……全都一手掌握，藉以要脅部會組織所有成員，達到恐怖統治的最高境界。

歐洲海豚X是情報處的打手，會自動分析空管中心主建物內所有人員的對話內容，除非用自創語言交談，不然歐洲海豚的語言辨識系統連東非、中歐冷門方言、台灣原住民語都能翻譯，篩選出關鍵字，傳送到軍事飛航情報處。

舉例而言，假設我在電梯內用布農族母語講了「肩射飛彈」、「空管中心」、「汽車炸彈」、「C4炸藥」、「阿布沙耶夫」這幾個關鍵字，不用三十分鐘我就會被戴上頭套、塞進黑頭車、載去飛航情報處祕密偵訊室，頭下腳上地吊起來嚴刑拷打，水刑、火刑、剝頭皮、拔指甲，確認恐攻情報正確性。

當然我不會講布農族母語，布農族母語或許也沒有肩射飛彈等語彙，我只是舉例說明，所有管制員都知道最好別在歐洲海豚的收音範圍內討論事情。管制員彼此間流傳一句話，軍事飛航情報處的情報員在你旁邊放個屁，一定要說好香好香，還要撐大鼻孔拚命吸，不然就等著被調去馬祖南竿、北竿機場塔台。

這時，情報處處長向我招招手要我過去。

我盡量裝著面無表情，故作鎮定地拿著酒杯去情報桌敬酒，內心卻非常忐忑，如履薄冰、戰戰兢兢，彷彿步上斷頭台。

「各、各位長官，今天的菜色……還滿意吧？」我努力壓抑顫抖的聲音。

「還不錯，坐下吧。」處長冷冷地命令我。

「沒關係，我不打擾各位，我還要去指揮清潔人員善後，你們慢慢聊。」我怕坐下就走不了。

「**處長叫你坐下就坐下！哪來那麼多廢話！**」一位離我最近的情報員跳起來破口大罵。

我看了他一眼，緩緩坐下。

那個情報員叫做N。

為什麼我會知道呢？當初通過航管部飛航管制局特考，錄取榜單貼在國家考試院大門口的布告欄，包括飛航管制員、飛航諮詢人員、飛航通信人員、交通行政人員……等，各類科都是公布錄取與備取人員的全名，只有軍事飛航情報處公布錄取情報員的准考證號碼，不公布姓名。

這麼大費周章、搞得神祕兮兮地，偏偏我在查榜時就正好看到N也在現場，拿著准考證對號碼，發現榜上有他的號碼，激動地雙手握拳、大喊一聲：「**我是N！**」

後來我輾轉得知，軍事飛航情報處二十個情報員，特考那年的前一年I、N兩位情報員一起去緬甸出任務時因公殉職，所以開兩個缺遞補，高分的那個遞補I，低分的這個就是N，他忘情到自己大喊，我才知道他是N。

算一算他跟我同一時間考進飛航管制局，也算是同期的同學，我決定問候一下。

「你是N吧！你好像變白變胖了！最近比較清閒喔？」我問。

N瞪大眼睛沒回答、驚訝我如何得知他的代號，反倒是處長又開口了。

「聽說你發明了一套雷達引導飛機的模式，可以在有限的空域內將航行量極大化，同時讓程度較差的管制員也能短時間內迅速提升管制技巧，例如台上表演的那位白冷紅管制員，就是歸功於你稍微指點，才拿回雷達執照。」處長想了一下，「為什麼不將這套模式傳授給空管中心三百多位管制員呢？」

「這是我十年來的心血結晶，為什麼要傳授給所有同仁？大家都因此升級成A級管制員，我還有什麼不可取代性？我的座右銘是『各人自掃門前雪，莫管他家瓦上霜』，我也知道這麼自私很不可取，但人不為己、天誅地滅，這是我為人處世的圭臬，誓死奉行不悖。」我大言不慚。

「既然如此，你為何願意傳授白冷紅零撞機衝突模式？」軍事飛航情報處的處長不愧是老狐狸，身為情報頭子腦袋一定要很清楚，立刻逼問我。

「我有我的理由，我為什麼要告訴你……」我話沒說完、就被N用力甩一巴掌、再一個過肩摔讓我昏頭轉向，接著背部被N的膝蓋壓制在地、右太陽穴被克拉克手槍槍管抵住、左臉頰貼在餐廳冰涼的大理石地板，餘光看到一隻小蟑螂被我嚇到、快速爬過。

管制區只有軍事飛航情報處的人可以攜帶武器進入，連航警進入空管中心主建築物都必須繳械。

「**N的配槍是舊式克拉克手槍。舊式的Glock 19，這款擊針式手槍優點是板機輕、行程短、循環射速快，缺點是沒有外保險，容易走火。**」這個念頭迅速浮現在我心頭。身為超級軍武迷兼生存遊戲資深玩家，國內各執法單位使用的槍械我瞭若指掌。

「你應該沒有上膛吧？舊式克拉克這種容易走火的手槍，我賭你沒有上膛，我要站起來了。」我故意試探，扭動身軀抵抗壓制。

使用Glock 19這款手槍的情報員，因為平常隨身攜帶，放在槍套裡，槍又沒有外保險，怕走火誤擊自己，加上實際執勤駁火的機率不高，通常不會上膛。遇到緊急事故、符合用槍時機時，無法第一時間開槍射擊，還必須多一個拉滑套上膛的動作，才能擊發子彈。

反觀其他執法單位，例如航警使用的國造制式九零手槍，會先將手槍上膛、保險鎖住，當符合用槍時機時，直接開保險、開火，一氣呵成，不需要多花一秒拉滑套上膛。

N被我拆穿、惱羞成怒，用槍柄重擊我的腦袋。

「**沒上膛又怎樣！照樣打爆你的頭！**」N暴怒，接著真的拉滑套，聽到「喀啦」一聲，抓殼鉤鉤住彈殼底火、子彈滑進膛管等待擊發，我嚇一跳。

「我說我說，不要動粗，不要打臉，我投降，投降輸一半、投降輸一半。」好漢不吃眼前虧，我雙手抱頭、用手肘保護著最近剛割的雙眼皮，立刻招供。

「**不識相！**」N凶狠瞪著我，鬆手讓我從地上爬起身。

「我幫白冷紅重新取得雷達執照，今晚的尾牙她替我準備一個四十分鐘的娛樂節目，當作回報。」我說。

「只有這樣？不太合理，你這麼自私自利又斤斤計較的人，太便宜白冷紅了……」處長沉吟。

我被N用槍敲一下腦袋，心裡老大不是滋味，現在又被處長質問，忍不住逞一時口舌之快，嚇嚇他們。

「不用再拐彎抹角了！你們是為了明天的『極機密』事件在做調查，對吧！」我洋洋得意，「你們自以為是機密的情報，我早就從國際新聞看出端倪。美國總統乘坐的空軍一號，明天會過境台灣，是吧？你們是想問我，白冷紅能不能勝任明天的管制工作，對不對？我直接告訴你們，沒有問題，她可以勝任，不用換人、更不用改明天的班表。要問就直接問，還搞得這麼神祕兮兮的……」

我看到情報處兩桌組長以下的情報員通通臉色大變，暗自竊喜，更加篤定自己猜得八九不離十。處長、副處長兩隻老奸巨猾的情報頭子則是面無表情，看不出喜怒哀樂。

「這是極機密，你說說看，你怎麼從國際新聞看出端倪？」處長問。

「哼！那太容易了，全球反恐高峰會在首爾舉辦，明天會結束，美國白宮發言人在網站上宣布總統有機會和菲律賓強人總統會晤。我看一下航路，從南韓首爾到菲律賓的馬尼拉，美國的空軍一號可以選擇走中國領空、或是台灣領空，想也知道當然走台灣安全一點，原本只是推理，但是我今日看到你們情報處全員出席，表示今晚全部在空管中心待命，加上我剛剛試探性的套話，視線瞄到N的表情扭曲、像個完全沒受過情報訓練的老百姓，臉上藏不住一點祕密，我更加確定自己的推理。」我很努力壓抑語氣間的冷嘲熱諷，卻還是忍不住藉機修理N一下。

N這時候又要撲上來對我動手動腳，被處長用眼神制止。

「假設你的推理是正確的，你憑哪一點來判斷白冷紅可以應付明天的管制工作？」處長繼續質問我。

「就憑我的『零撞機衝突模式』。美國怕總統專機遭受恐怖攻擊，照過去出訪慣例，至少會準備五架一模一樣的波音七四七，不知道美國總統在哪一架上，所以五架都是空軍一號。空軍一號不接受台灣管制員指揮，他們明天過境台灣時，一定是自己飛自己的、無法進行飛航管制，有撞機衝突就只能改其他飛機的航向跟高度，我猜測美國還會要求我們的空軍，出動兩架以上F-16護衛隨行，所以一共七架以上不受控制的機隊，從北到南穿過台灣上空，可想而知，天上交通必定會亂成一團。」我話鋒一轉，「但是再怎麼混亂，還是比不上昨日香港、澳門機場關閉，空管中心史無前例、空前絕後的瘋狂航情量。昨天上午白冷紅才剛拿回雷達執照，中午立刻當班，到了晚上空管中心蝗蟲過境般的飛機群湧現，白冷紅已經能熟練運用『零撞機衝突模式』，好整以暇地進行飛航管制。就憑她昨天的表現，我確定她能夠運用自如『零撞模式』，相較之下，空軍一號過境台灣只是小意思而已。我跟白冷紅明天都有班，我是超A貨，白冷紅昨天通過A級題庫的雷達檢定，現在也是A貨了，如果我們兩個A咖都不足以應付明天的苦差事，那要把明天其他B咖、C咖們的班全改掉了。」我兩手一攤。

處長面無表情、高深莫測，緩慢點點頭，不再多問什麼，手一揮要我自便。

6 恐怖攻擊

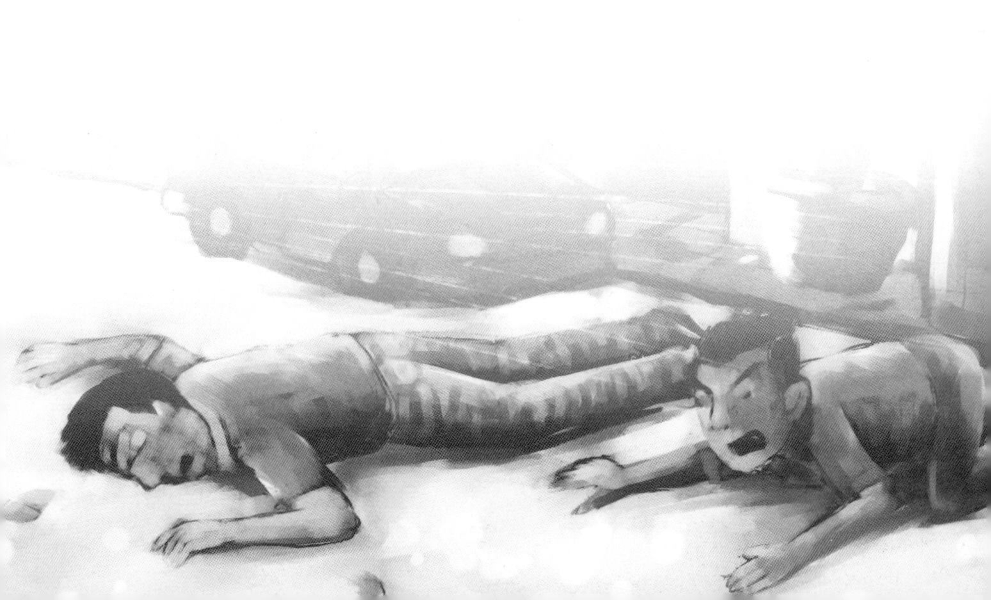

隔天一早，雷達管制作業室滿滿都是人，軍事飛航情報處全員到齊，擠在我們身後監視飛航管制作業。

明明美國空軍一號預計中午從首爾起飛，下午三點才會進入台北飛航情報區，飛航情報處窮緊張，上午十點不到全跑到地下十五樓待命。

我趁著休息的空檔，帶著三個小朋友在離開前跟主任打聲招呼。白冷紅剛好也下席位輪休，硬是要跟著我們。

「行李都有帶著嗎？手機、書包沒有漏掉吧？這幾天若有招待不周之處，你們跟我說，我會處分胡夏耘！」主任問三個小朋友。

「沒有沒有、都很滿意！」

「福哥很照顧我們！」

「還帶我們去超市補貨！」

三個小朋友急忙澄清。

「那太好了！空管中心永遠歡迎你們！等你們長大，一定要來考飛航管制員！我們很缺人！大學讀什麼科系都沒關係，只要持續精進英文聽說讀寫的能力就好，我覺得你們三個都很適合當管制員，大四畢業那年就來報考吧！考上可以先保留，服完兵役再來報到！」主任說。

「考上會直接來空管中心嗎？」高妹認真詢問。

「不會，受訓完會先丟到機場塔台磨練磨練，然後長得好看的會挑出來送到近場台，他們常常要上電視；冰雪聰明的會送來中心，中心工作環境嚴苛、一人同時要管四十架以上的飛機，負荷比較重，需要菁英中的菁英。今天有重點任務，我要去地下十五樓坐鎮指揮，不能送你們到管制區外，一定要來報名喔！」主任再三交代，三個小朋友跟主任揮手道別。

走出空管中心主建物，我眼角看到N溜出來，站在主建物外側角落抽菸，發現我在看他，惡狠狠地回瞪我。

白冷紅拍拍三個小朋友的肩膀，「如果不是你們一直灌迷湯，說什麼要把他寫成熱心助人的大英雄，胡夏耘這個自私鬼才不可能傳授給我他的密技。你們回去之後，不用真的這樣寫，照事實描述就好。」白冷紅說。

「喂！當然要寫！**管制員胡夏耘義薄雲天！大園德蕾莎！空管中心看見人性光輝！**這些哪一點不是事實？」我連珠炮般說，眼睛看到大園國中的接駁小巴士準時出現在管制區大門口，「接你們回去的車來了，準備上車。」

我跟白冷紅指揮小巴士開進航警的安檢崗哨，防爆小組依照程序先目視檢查車底、再使用車底探測器看看底盤有沒有被貼炸彈，兩隻警犬活蹦亂跳地繞著小巴聞一圈，確認沒有火藥味之後上車檢查，沒有異常，綠燈亮、放行，我們走在小巴士前面，緩慢引導小巴進入停車場。

飛行研究社的指導老師下車，不到三十歲的娃娃臉男老師，笑起來還有酒窩，先跟我握手，接著看到白冷紅，眼睛大了兩倍、微微紅臉，撇開視線。

「你好，我是跟你聯絡的管制員胡夏耘。」

「你好你好，敝姓林，這四天真是太感謝你們了，三個小朋友沒有惹麻煩吧？」林老師向我跟白冷紅微微躬身。

「他們表現很好，如果不是年齡不足，我們主任還想要立刻招募他們來受訓！」我說。

三個小朋友哈哈大笑。

「這是真的、這是真的，我似乎頗有當管制員的天分！」小胖得意。

「我看你是愛上這裡的餐廳吧！」眼鏡仔說。

「就知道吃！」高妹說。

我看一下手錶，再十分鐘又要上雷達席位輪班，「林老師，我另有公務纏身，就先告退了……」突然一陣恍惚、我不知道發生什麼事。

接下來的畫面就像一部無聲電影。

當我意識到自己被高高拋起、天旋地轉飛到頂點、接著落下撞碎一輛小客車前擋風玻璃、摔進車裡，我一點聲音都沒有聽到。

所有的感官知覺只剩劇烈的頭痛跟耳鳴。

我看到三三兩兩的火球乘著拋物線陸陸續續越過管制區七公尺高的圍牆、掉入園區，接著產生的衝擊波將周圍一切沒有固定在地面的人事物全部拋向天空。

掙扎著爬出汽車、從引擎蓋滑落到水泥地，我躺在地上先摸摸脖子頸動脈、頭部、腹部，檢查受傷狀況。

說老實話，這時刻我除了自己、壓根沒心思掛念白冷紅跟三個小朋友的安危，強忍住暈眩感、我半坐起身張望、想搞清楚狀況，隨即又被第二波像漣漪狀衝擊力道托起、朝著死亡飛去。

我像充滿氫氣的氣球迅速飄升、被空管中心的景觀松樹攔下、撞在樹幹上後落下、再撞斷幾根分枝、落地。

我趴在地上。

時間暫停，地球停止轉動。

我聞到地面花圃的泥土味、園區道路的柏油味跟汽油燃燒的臭味。

下意識抬頭，看見幾十位黑衣蒙面人從炸出的縫隙走進管制區，先是對準頭部行刑式槍決了四個門口崗哨的航警、兩位防爆小組成員，接著開始屠殺所有會動的目標，包括洽公的行政人員、打掃的清潔人員、航警的緝毒防爆犬，連溜進來覓食的流浪貓也不放過，一時間槍聲大作、我發現我的聽覺恢復了、接著痛覺跟著讓我咬牙呻吟，卻無法清醒我的大腦。

就在這時候，渾身泥土的N匍匐前進、爬到我身邊。

「**最近的歐洲海豚戶外指令面板在哪？喂！喂！**」N看我還在恍惚中、用力甩我兩個巴掌。

結果清脆的巴掌聲引起兩名黑衣恐怖分子注意，端著衝鋒槍朝我們藏身處移動。

「主建物西側小門的指令面板離我們最近……」我被打耳光之後，一股異樣的恐懼湧現，無主的六神瞬間歸位，大腦開始運作。

「**你知道空管中心遭受恐怖攻擊的SOP？**」N緊張地盯著朝我們移動的黑衣恐怖分子。

「知道。阻止恐怖分子進入管制室，切斷地下碉堡對外通路，維持飛航管制作業，在地下十五樓等待救援。」我跟N對望一眼，「最重要的是，**命令歐洲海豚封鎖雷達管制作業室！**」

「沒錯，**封鎖雷達管制作業室！**我來掩護你！」N說，拉滑套上膛。

生死關頭，腎上腺素大量分泌，我一個旋轉、測滾翻轉進主建物牆角，N同時對著兩名接近中的蒙面黑衣人開槍反擊。

比起白冷紅跟大園國中小朋友的安全，我有更優先的事情要做。

連滾帶爬、我迅速移動到主建築西側歐洲海豚人工互動面板。

「歐洲海豚，管制員胡夏耘，封鎖空管中心雷達管制作業室，重複，封鎖空管中心雷達管制作業室。」我說。

「確認管制員code。」歐洲海豚跟我要權限。

「**管制員code洞八洞六兩兩三么Golf Bravo Victor Whiskey！快點封鎖空雷達管制作業室！**」我低吼。

「抄收，封鎖雷達管制作業室，已經通知維安特勤隊、憲兵夜鶯特勤隊、國安局與勤務指揮中心，十六分鐘後支援警力將會抵達。」歐洲海豚自動通報反恐主管機關。

「**轟轟轟！**」同一時間，從地下傳來沉悶的爆炸聲與震動，地下十五層樓的雷達管制作業室被層層鋼板封鎖、唯一一條電梯與逃生通道自動炸毀，沒有任何人可以進入地底十五樓的雷達管制作業室，包括數十名蒙面包頭的恐怖分子。

我開始喘氣。

一定是美國空軍一號提早通過台北防空識別區！

本來預計下午三點通過台灣領空的美國空軍一號，肯定是提早行程，才會讓恐怖攻擊行動跟著提早進行。我的腦袋越動越快，已經脫離震驚、呆滯的恍惚階段。

是哪個恐怖組織發動攻擊呢？

所有蒙面黑衣人都感受到地下電梯炸毀的震動、用母語激烈地互相叫喊，接著加速往空管中心主建築物大門口前進。

匍匐前進到最近的汽車底下，我搜尋三個小朋友的身影。

視線通過汽車底盤，看到大園國中林老師也趴在地上，幾聲槍響讓我低頭閃避，再抬頭，只見不斷射進林老師身體的子彈彷彿射進紅墨水池塘、濺起朱腥一片的血滴雨。

當下我完全被林老師的慘狀嚇傻、癱在地上動彈不得，連抬起頭都有困難。

2
3

我開始嘔吐。

在我完全崩潰之前，高妹的哭聲將我的意識拉回。

我看到四點鐘方向約七公尺處，小胖躺在一台翻覆的小客車後方，高妹蹲在小胖旁邊哭，眼鏡仔則是臉色慘白、不知所措。

我想都不想、立刻翻滾兩圈、爬起身，衝到三個小朋友身邊，檢查小胖傷勢。

「福哥！小胖受傷了！」高妹跟眼鏡仔站到我身後，我看到小胖的大腿不斷湧出鮮血。

「生存遊戲……生存遊戲……」我開始自我催眠，這是我訓練了無數次、熟悉到不能再更熟悉的遊戲。

最真實的一次生存遊戲！只打一場、只有一命！

N突然間竄出、向主建物西側小門狂奔。

我看了一眼，立刻想通。

「高妹！眼鏡仔！你們跟我來！」我背起腿部中彈的小胖，小跑步跟上N。

生存遊戲勝敗的關鍵是地形熟稔度，愈了解地形的玩家獲勝機率愈大。管制區這裡我比恐怖分子熟，目前相對安全的地方是空管中心主建物裡面。

「快跑！壓低身體！」我提醒高妹跟眼鏡仔。

只見N掏槍朝西側小門玻璃帷幕狂射、接著縱身一跳、撞在玻璃上後往後彈回，跌坐在花圃中。空管中心主建築物的防彈玻璃厚達五十釐米，一般手槍子彈打不破，至少要點三零八以上的步槍彈才有可能射穿。

「叫歐洲海豚開西小門！我掩護你們！」N看到我們跟上來、命

令我，轉身對著聞聲而來的恐怖分子連開數槍，暫時逼退他們幾秒鐘。

管制員密碼雖然可以指揮歐洲海豚，但每叫歐洲海豚執行一個動作，都需要重新使用權限。

「歐洲海豚，管制員胡夏耘，code洞八洞六兩兩三么Golf Bravo Victor Whiskey，開西小門兩秒鐘、然後立刻關閉。」我命令。

「收到，支援警力還有十四分鐘抵達。」歐洲海豚順便提醒我要再撐一會兒才會有維安特勤隊來救我們。

「還要十四分鐘！來收屍嗎！」N跟我一同翻滾進西小門時怒吼咒罵。

進入主建物內部，我又陷入創傷後壓力症候群的恍惚中。

「已經上膛了，這你會不會用？」N遞給我一把手槍。

「會。再打我兩巴掌，快點！」

N用力甩我兩巴掌。

被打耳光之後，我湧現迴光返照一般的清澈思緒，腦中自動列出優先順序。

「歐洲海豚，管制員code洞八洞六兩兩三么Golf Bravo Victor Whiskey，幫我跟雷達管制作業室視訊。」我先確認地下十五樓的管制室仍在運作，暫時沒有飛機在空中相撞的危險。

「XXX！XXXX！是哪個畜生炸掉電梯、封鎖空管中心？這個玩笑開大了！真的開大了！XXX！好膽賣走！等我上去我要弄死惡作劇的……」視訊一開就是安全官連珠炮般的瘋狂謾罵，主任站在他身後，一臉驚恐。

我還來不及跟安全官通話，眼鏡仔就指著防彈玻璃外的恐怖分子大聲驚呼。

「福哥！黑衣人在倒什麼東西？」

「那是沙林毒氣嗎？」高妹發抖地問。

「我們中計了！」N大吼。

我轉頭一看，一股寒意靡入神經中樞、瞬間蔓延全身。

「慘了！」我痛苦呻吟。

位於地下十五樓的空管中心雷達管制作業室，已經層層封鎖並且炸毀高速電梯，看似固若金湯的銅牆鐵壁，卻有所有地下碉堡都有的致命弱點。

換氣系統。

這群恐怖分子根本不打算進入地下十五層樓的空管中心雷達管制作業室。

當我使用管制員密碼、指揮歐洲海豚封鎖作業室之際，空管中心緊急換氣系統啟動，十六條通往地面的換氣通道中，有八台巨型風扇不斷將空氣送入地下、八台不斷將地底空氣抽出。

而現在這些蒙面包頭黑衣大鬍子正聚集在像是電玩超級瑪莉中從地下探出的巨型水管旁，將一桶桶不知是沙林還是VX神經毒氣灌進空管中心的換氣系統，不用兩分鐘，一百多位正在雷達席位上的管制員就會失能、昏迷，台灣上空幾百架飛行器將會變成無頭蒼蠅、無法避免相撞的慘劇。

就算沒有撞毀空軍一號，隨便兩架民航客機相撞的後果就是四五百條無辜性命。

「怎麼回事？啊……」我聽見視訊中安全官的哀號聲。

急忙轉頭看著歐洲海豚面板螢幕，安全官像隻吸毒的章魚跳著詭異的舞姿、瘋狂扭動四肢、不斷抽搐、口吐白沫，接著軟倒、消失在螢幕中。

看起來九成九是沙林毒氣。

沙林毒氣比空氣重，會全部沉積在地下十五層樓的空管中心，無法消散或排出，中毒的症狀是嘔吐、痙攣、肌肉麻痺，若吸入過量會導致呼吸中止、窒息而死。

如果確定是沙林毒氣，依照蒙面黑衣恐怖分子倒的量推測，已經足夠讓一百頭大象倒地不起。

「歐洲海豚，管制員code洞八洞六兩兩三么Golf Bravo Victor Whiskey，提供我管制室其他鏡頭的即時畫面。」我下指令，跟N盯著操作面板傳回的畫面。

所有管制員都摔下雷達席位、倒在地上抽搐，口吐白沫，瞪大雙眼。

我被每天一起上班的同事們慘狀嚇傻了。

軍事飛航情報處處長倒在空管中心主任旁邊，像是平底鍋上的活蝦，收縮到底再倏地伸展，無意識掙扎。剩下十幾個穿著黑西裝的情報員、情報站長凌亂躺了一地，生死不明。

N嘴巴無意識微張，發出「啊啊」的喉音，我則是先放下小胖，開始指揮歐洲海豚。

「歐洲海豚，管制員code洞八洞六兩兩三么Golf Bravo Victor Whiskey，接通香港區管中心督導席。」我命令。

「Hong Kong, Taipei, supervisor speaking.」兩秒鐘後，香港區管中心督導接聽。

「Taipei FIR under terrorist attack, flow control, boundry block until further notice.」我告知香港航管督導台北飛航情報區遭受恐怖攻擊，即刻起全區封鎖，要求香港不得放任何一架飛機進入台灣上空。

「Since when? Is this a joke?」香港區管中心督導問我何時開始封鎖台灣全區，還問我是不是在開玩笑。

「I SAY AGAIN! TAIPEI FIR UNDER TERRORIST ATTACK! IT'S NOT A JOKE! TAIPEI FIR BLOCK IMMEDIATELY!」我凶他、這不是開玩笑，台灣全區即刻封鎖，不准放飛機進入台灣。

「Roger. Divert all aircraft now.」香港督導怕壞人，被我一吼、立刻將所有原本從香港飛往的台灣的航機帶開、轉降其他第三地機場。

「Please inform MANILA, NAHA, FUKOKA, SHANGHAI, and GUANGZHOU FIR.」我同時請香港通知台灣鄰區包括馬尼拉飛航情報區、那霸飛航情報區、福岡飛航情報區、上海飛航情報區，跟廣州飛航情報區，通通不准放飛機進入台灣上空。

「歐洲海豚，管制員code洞八洞六兩兩三么Golf Bravo Victor Whiskey，通知本島所有機場暫停起飛、只准降落。」我下令。

「收到。執行中。」歐洲海豚回答。

「還有沒有情報員？」我問歐洲海豚。

「目前我只有偵測到N一員。」歐洲海豚回答。

我轉頭看一眼N，N立刻又甩我兩個耳光。

「**你幹什麼！**」我怒吼。

「咦？喔，抱歉，我誤會了……」N這個時候表情很是複雜，看似強制壓抑憤怒、悲傷與恐懼的綜合情緒炸彈，甩甩頭，深呼吸一口氣，露出陰險深沉的眼神。

輕撫著火辣辣的臉頰，我繼續使用歐洲海豚。

「歐洲海豚，我改成用聲紋辨認或五官辨識指揮妳行不行？現在情況緊急，還要浪費時間重複認證管制員code……」我問。

「不行。要有飛航管制局局長權限，才可以取消緊急狀態逐一認證管制員code的程序。」歐洲海豚回答。

「妳這隻不懂變通、不會轉彎的D級海豚！白海豚都比妳聰明！管制員code洞八洞六兩兩三么Golf Bravo Victor Whiskey！切斷地下十五樓管制室連線！管制權限全部移轉到二樓的模擬機室！我要用二樓的模擬機室接管全區飛機！妳可以超頻嗎？撞機衝突提早到兩百四十秒提醒我，辦不辦得到？」我怒吼。

「沒有問題，提早兩百四十秒提醒撞機衝突。飛航管制權限從地下十五樓轉移到二樓模擬機室。」歐洲海豚回答。

「你一個人可以管全區的飛機？」N問我。

「不行，一定會撞掉十幾架以上，所以我需要你去救白冷紅，有她幫忙就可以少撞幾架。她現在困在大園國中小巴士附近。」我指著面板，歐洲海豚已經切換成室外東一門的監視器畫面。

只見白冷紅躲在小巴士裡面裝死，有三個倒完神經毒氣的蒙面黑衣恐怖分子開始逐一搜尋生還者並槍斃，越來越接近小巴士。

「這群恐怖分子不抓人質、直接槍決，看來是有去無回的自殺攻擊任務。我只救那位管制員，其他人我不處理。」N面無表情說道。

我點頭。

軍事飛航情報處的主旨是不擇手段維護飛航安全，所以拯救人質不是優先考慮重點。

我背起小胖，帶著高妹跟眼鏡仔從主建物大廳的樓梯跑向二樓模擬機室，半路看到許多不知所措的行政人員，六神無主蹲在地上哭。

「**找地方躲起來！去廁所或備勤室躲起來！外面有恐怖分子！不要往外跑！千萬不要跑出主建物！**」我朝他們大聲吼，一面向二樓模擬機室狂奔。

衝進模擬機室，放下小胖，「高妹，妳去拿急救箱，先幫小胖止血！眼鏡仔，你在門口盯著，有恐怖分子進入主建物立刻跟我講！」我命令高妹跟眼鏡仔。

迅速坐上模擬機席位，戴上耳機麥克風，我先找美國的總統專機。

只見五架空軍一號剛飛進北部雷達席空域，還沒有被撞掉，我微微放鬆緊繃的肩膀，再看著雷達螢幕上密密麻麻如螞蟻群般的雷達光點，深呼吸一口氣，開始接管全區飛機。

正常來說，台灣全區空域切成二十三區，每一區有一個管制員、一個資料員，兩區一個協調員，三個協調員配一個督導，所以同一時間會有六十二個人指揮空中交通。

而我現在一個人要做六十二個人的事情，看一眼飛機數量、至少要挖三十座水庫才有辦法避撞，我獨立工作的極限是挖二十座水庫。

沒有時間可以浪費，我立刻啟動零撞機衝突模式、先挖二十座水庫，把一架架飛行器引導入水庫中，能少撞掉一架算一架。

「位在海峽席的丹砂航空五六五跟亞歷山大航空二六五三再過三百秒鐘會相撞，處理一下。」歐洲海豚提醒我，「我有通知休假的管制員全部趕過來支援，不過有多少人願意冒著生命危險來幫忙我就不敢保證了，估計應該一個都不會來。現在來支援不但是做功德，很快還要做法會超渡……」歐洲海豚叨叨絮絮自言自語，搞得我心煩意亂。

我一面用無線電指揮飛機轉入水庫、一面掃視丹砂航空五六五跟亞歷山大航空二六五三的撞機衝突，接著立刻帶開亞歷山大航空二六五三，再分別將兩架客機導引進零撞模式。

思考一下眼前的困境。

我決定先讓美國總統專機一條龍南下、盡快飛離台北飛航情報區，其他的飛機則繼續雷達導引進待命模式，讓恐怖分子來不及撞掉美國空軍一號。擬定完計畫、立刻執行。

同時間動腦思考航情、動嘴指揮飛機、用耳朵聽飛機覆誦指令、睜大眼睛迅速掃視每一個雷達螢幕上代表一架架飛機的光點，多虧有歐洲海豚協助，還沒有任何飛機相撞，我卻感到腦袋有如火燒一般灼熱，光速運轉的思緒到了極限，針刺般的劇烈頭痛讓我知道自己的能量已經燃燒殆盡。

眼睛好痛，快要睜不開了，從一個雷達光點掃視到下一個雷達光點掃視到下一個雷達光點……我連眨眼睛的零點零幾秒鐘都是奢侈的浪費。

「歐洲海豚，我快不行了，如果我昏倒，我授權妳使用人工智慧互動系統，用語音指揮飛航情報區內的所有飛行器，管制員code洞八洞六兩兩三么Golf Bravo Victor Whiskey。」我已經挖好十五座水庫，快失能前先開啟歐洲海豚權限、解除封印。

這時候N一腳踹開模擬機室的大門，全身鮮血淋淋，拖著同樣渾身是血的白冷紅跑進模擬機室。

白冷紅爬上雷達席位、戴上耳機，看著我。

「北部席、海峽席，跟西部席給妳處理，挖十座水庫。我管東部席，南部席，中部席。」我指揮，她點頭，立刻用無線電發話下指令。

有了她幫忙，我的工作負荷一下子少了一半。將半數飛機的無線電波道換給白冷紅，我多了更多時間用無線電下指令、工作效率倍增，順利挖好二十座水庫，將大半飛機導入零撞模式。

「離支援趕到還有九分鐘。」歐洲海豚提醒。

「噓！讓我專心！歐洲海豚！暫停語音互動系統！管制員code洞洞么拐么么八三Uniform Kilo India November！」白冷紅破口大罵，用管制員密碼中斷歐洲海豚語音互動功能。

我聽到後沒有空說什麼，這時候模擬機室外傳來爆炸聲響。

「福哥！他們進來了！」眼鏡仔緊張叫喊。

我走不開，轉頭看N一眼。N想了想，咬牙把心一橫，點頭。先走的還有活路，留下的死路一條。

「你們跟我來！我帶你們去情報處安全密室藏起來！」N背起小胖，領著高妹跟眼鏡仔跑出模擬機室。

我忙著指揮飛機，連再看他們幾眼都很勉強。

模擬機室外槍聲大作。

我跟白冷紅忙著疏導天上的交通，看一眼白冷紅的雷達螢幕，五架美國總統專機排成一直線、領頭第一架已經飛到鞍部上空，白冷紅也挖好十座水庫，將手中所有的飛機都雷達導引進十個零撞機模式。

這時的場景讓我想起電影《色戒》中，王力宏與湯唯跪在行刑場，被槍決前一秒兩人對望的最後一眼。

突然間，白冷紅身體不斷晃動、嘴角一絲詭異的笑容，像是病毒般蔓延到整張臉，接著她再也壓抑不住抽搐、縱聲瘋狂大笑。

「哈哈哈哈哈、歐洲海豚、強制關機、哈哈哈哈哈哈哈哈……」

「確認密碼。」歐洲海豚平靜要求。

「管制員白冷紅，管制員code洞洞么拐么么八三Uniform Kilo India November，強制關閉歐洲海豚警示系統，哈哈哈哈哈……」她重複確認。

「……」歐洲海豚沒有回應，進行完系統備份之後將會強制關機。

「幹什麼？妳搞什麼東西！」我看白冷紅關掉歐洲海豚，瞪大眼睛嚇得從雷達席位上跳起來。

「蘆薈六九三，右轉航向二五〇，下降、保持飛航空層三一〇。」白冷紅下指令，無線電術語熟練到彷彿是當了二十年管制員的雷達老屁股，語氣間卻流露出一股病態至極的邪惡，將蘆薈航空一架客機帶出第一座水庫的待命航線。

我設計的零撞機衝突模式，關鍵在於每一架飛行器都必須進入水庫，才能達到完全無衝突的境界。

而我當初設計的時候，留了一個後門。

只要故意雷達導引出第一水庫的客機，撞進第二水庫任一架位在高度三萬一千呎的客機，就會產生一發不可收拾的連鎖反應。

推倒第一片骨牌、就會推倒後面擺好的上百萬片。

我有寫在筆記裡面，也有教過白冷紅。

慘了。我想掐死我自己。

「薰衣草九二八，避撞衝突，立刻爬升至飛航空層三一〇。」白冷紅還故意挑日籍航空指揮，日本機師的特性就是特別服從管制員的指令，一板一眼，絕不遲疑。

白冷紅刻意加強語氣的急促性，讓薰衣草航空加速爬升。

只見兩架客機越來越近、越來越近，蘆薈航空迅速下降、薰衣草航空拚命爬升，這時蘆薈航空飛機上的TCAS防撞警示系統啟動了。

這兩架客機不在我的無線電波道裡面，我伸手要切換波道出聲阻止機師，一把槍抵住我的後腦袋，火燙的槍管把我脖子後方一塊皮膚與髮根燒焦，我忍不住慘叫。

「**啊啊啊啊！**」我一邊哀號，一邊聞到焦肉味，還聽到鐵板牛肉般的滋滋作響聲。

「TCAS Climb.」蘆薈航空的機師告知他不再下降，決定遵照飛機防撞警示系統的指令爬升。

「TCAS Descend.」薰衣草航空的TCAS也啟動，可惜為時已晚。

「Disregard TCAS RA, follow my order. I say again, disregard TCAS RA, follow my order.」白冷紅故意在無線電裡面混淆飛行員，要他們

聽從指揮、忽視TCAS避撞警告。

「Confirm your order.....confirm follow your order to climb.....」當薰衣草航空的日本籍機師還在確認來確認去、聲音倏地從無線電中消失，只剩下「嘶嘶嘶」的雜音。

相撞了。

兩架客機的雷達光點同時在螢幕上消失。

自行在腦中想像天空的慘狀，我呆坐在席位上，皮膚燒焦的疼痛已經不算什麼。

TCAS的全名是Traffic Collision Avoidance System，這套系統安裝在每一架客機上，會在兩機相撞前四十秒提醒飛行員閃躲，是飛機避免相撞三張安全網的最後一道防護措施。

管制員沒有看到的衝突、歐洲海豚當機漏掉的危難，理論上只要

TCAS功能啟動，兩架飛行器可以驚險地閃避任何相撞事故，但是先決條件是TCAS一啟動，兩架飛機的機師第一時間立刻按照TCAS指示爬升或下降，沒有一秒耽擱。依照飛行員的訓練，TCAS一啟動就該忽視管制員指令、立刻依照TCAS指示閃避撞機衝突，偏偏日本籍機師有很高比例會傾向服從權威，這也是為什麼白冷紅故意挑薰衣草航空、在無線電裡混淆視聽，發送錯誤指令。

機師光是考慮是否聽從管制員的指揮，就已經錯過TCAS避撞的黃金時機。

白冷紅與奮盯著雷達螢幕，剛剛挖的十座水庫從第一座水庫開始決堤，原本一架架飛機井然有序地飛著待命模式，突然間全部亂了套。這起空難就像是一杯倒在螞蟻動線的滾燙熱水，讓蟻群全部四下逃竄。

決堤的第一座水庫，如同對著油槽丟出一把點燃的火柴，四散的飛機引起巨大的連鎖潰堤效應，水庫一座座崩壞，很快地白冷紅的十座水庫全部潰堤、我的二十座水庫也跟著岌岌可危。

當七八百架客機同一時間無人指揮、自行亂飛，空中浩劫一觸即發。

海峽雷達席的SULEM點上方，又有兩架客機即將相撞。相隔五秒，北部雷達席的MOLKA點西南方十浬，再次發生多起撞機衝突。

我挖的二十座水庫土崩瓦解，失序的飛機像是一枚枚飛彈，五架美國總統專機迅速下降高度，打算在最近的機場緊急迫降，以免被空中一團混亂的客機蜂群撞毀。

護衛的兩架台灣空軍F-16，立刻關掉機上的軍用訊號辨識器，我的雷達上已經看不到兩架戰鬥機的次級雷達光點。

這表示兩架F-16進入作戰狀態，隨時準備擊落任何撞向美國總統專機的飛行器。

到這個時候，看到她自己的邪惡計畫如此順利，白冷紅盡情放聲大笑。

「**哈哈哈哈哈！哈哈哈哈！哈哈哈哈哈哈哈哈哈哈哈哈！**」

十幾名持槍恐怖分子早已無聲無息進入模擬機室，站在我們身後，抵著我後腦的槍口移開，朝天花板連開十幾槍慶賀，帶頭的蒙面黑衣大鬍子轉頭望向白冷紅。

白冷紅快步上前，跟領導擊掌慶賀。

我看著跟蒙面黑衣恐怖分子沆瀣一氣的白冷紅，恍然大悟。

剛剛恐怖分子在園區裡屠殺所有會動的生物，白冷紅能撐到被N帶回管制室，不是太幸運就是太會躲，完全不合理。當十幾名恐怖分子圍著雷達螢幕，聽白冷紅解釋美國總統專機急降高度，尋找備降機場，我知道自己連恐懼的時間都沒有，雙腿卻情不自禁劇烈顫抖，軟腳到幾乎站不住。

「這是我最愛的生存遊戲……訓練了十幾年……原來就是為了這一天……」我在心裡激勵自己，這場生存遊戲還不用揪人、不用場地費！

「現在沒有時間害怕……等一下再害怕吧……專心記憶……」我自言自語。

「#&※§○♂∞∩€℘≒¥，♂∞∩€#&※§○？」恐怖分子用他們的母語問白冷紅。

「一、二、三、四……」我在心底默數。

「♂∞∩€#&※§○。」白冷紅居然也會說恐怖分子的語言。

「五、六、七、八……」我默數對方的人數，把恐怖分子想像成雷達光點，靠著十年的管制員職業訓練瞬記雷達光點位置，超頻使用短期記憶。

「※§○♂∞⊃#&※§○♂？」一個恐怖分子指著我問領導。

「九、十、十一……」強迫自己專心牢記恐怖分子的站位與武器強度，排出優先順序，我數到第十二位的恐怖分子站在東部雷達模擬機席位前，他腰間的戰術腰帶上掛了一枚RGD-5，俄羅斯製造的手榴彈，引爆機制是保險絲引信，意思就是等一下我搶到手榴彈、拉掉保險插銷、手鬆開安全握把，點燃的引信引爆雷管需要三秒、雷管引爆手榴彈內的TNT炸藥需時零點三秒，所以大約三點三秒可以炸翻全場。

幾乎一模一樣的走位翻滾我練習了上百次，我等待最佳發難時機，虔誠地祈禱一切順利，恭迎湯姆克魯斯上身。

來了！

「哈哈哈哈哈哈哈哈哈哈哈哈！」白冷紅笑著從領導手中接過一把短槍，朝我原本站的位置連扣兩次板機，沒想到我早一步一腳猛踹雷達螢幕，藉著反作用力向後翻滾，閃掉白冷紅開的兩槍。

恐怖分子沒有反應過來，我已經抽出N給我上膛的克拉克手槍連開三槍，將站在西部雷達席位的一名戰士爆頭、腦漿飛濺雷達螢幕，再連開三槍擊中站在東部雷達席位戰士的臉，整張臉血肉模糊地癱軟往我身上傾倒，我順勢揪住這個人肉盾牌幫我擋子彈、抽出他腰間的RGD-5手榴彈用牙齒咬掉保險插銷、丟向恐怖分子領導、再翻滾進海峽席雷達後方。

這時槍聲大作、三把以上的自動步槍對著我藏身之處連續掃射，接著手榴彈引爆、一聲轟然巨響，整間模擬機室煙霧瀰漫。

我對自己嫻熟的巷戰技巧完全不感到訝異。

叔叔有練過，每次玩生存遊戲都要這樣在地上滾來滾去好幾百回，加上我當兵的時候是下士班長，照國防部當年的規定，下士班長每個月必須用65k2步槍打靶一千發，偏偏我的軍種是海巡，海巡除了配65k2步槍還有配制式九零手槍，所以每個月步槍加手槍必須打靶兩千發實彈。然後同梯班長、學長、士官長、排長每個月打不完的子彈通通拗我幫忙射完，我一年半的軍旅生涯至少打掉四萬發手槍子彈跟步槍彈，打到出現扳機指症狀，雙手也因為密集拆槍擦槍、保養槍枝，退伍半年都還洗不掉指甲上的黃油味與身上的火藥味。

用實彈練習過四萬多次，現在連開六槍而已，不算困難。

海峽席雷達主機下方有機電人員專用維修空間，平常不會上鎖，目的是加速維修效率，我拉開鋼板，鑽進席位雷達下方的維修通道，隨手抓起螺絲起子卡住鋼板、鎖著鋼板入口，匍匐前進朝著模擬機室外潛行。

等槍聲漸歇，我聽到幾個恐怖分子哀號呻吟，我加快爬行的速度，要趕在白冷紅帶他們跟著鑽進維修通道前，爬到最近的歐洲海豚控制面板。

雷達維修通道是資訊人員維護硬體設備的專用空間，像蜘蛛網似地蔓延整個模擬機室下方。模擬機室的雷達席位一共六十五席，北部督導席最接近模擬機室大門，我奮力爬到北部督導席下方，找到歐洲海豚控制面板，手動重開機歐洲海豚X。

「歐洲海豚，管制員胡夏耘，code洞八洞六兩兩三么Golf Bravo Victor Whiskey，開啟語音互動模式。」

「語音互動模式開啟。」等了五秒鐘，歐洲海豚回答。

「還要多久維安特勤隊才會趕到？」我焦急。

「再六分鐘。」歐洲海豚回答。

「我授權妳使用語音互動跟CPDLC指揮全區飛行器，高度隔離標準一千呎，水平隔離五浬，立刻執行。」我命令。

「開始接管全區，隔離標準五浬一千呎。」歐洲海豚說。

CPDLC全文是Controller-Pilot Data Link Communication，簡單來說就是飛航管制系統可以直接傳送文字到飛機的駕駛艙，類似簡訊的文字通訊系統，飛行員再依照文字內容操控航機爬升、下降或轉航向來避撞衝突，免除無線電有雜訊聽不清楚、反覆確認指令的問題。

無線電最大的罩門，是一次只能一方單向發話，效率太差，反觀CPDLC可以傳送指令給多架飛機，以歐洲海豚X的運算能力，同時指揮一千架以上的飛機綽綽有餘。

「取消白冷紅管制員code權限，列為恐怖攻擊共同正犯，所有飛航管制都在背景執行，不要讓白冷紅發現妳開機重啟。」我交代歐洲海豚。

「取消白冷紅code，列為恐怖攻擊共同正犯，傳送資料給國安局。」歐洲海豚回答。

至少現在暫時不用擔心再有飛機相撞，我只要找到地方藏身，撐到支援趕到即可。

「**框啷框啷！**」白冷紅他們終於炸掉雷達維修通道鋼板門，鑽進地下管線。

維修通道高八十公分、寬七十公分，成年男子只能爬行，無法半蹲前進，我判斷恐怖分子無法揹著連發自動步槍潛行、只會拿手槍進入，如此一來我並非處於武裝劣勢，反而可以藉地利之便在出口守株待兔。

於是我卸下彈匣，彈匣內還剩三發子彈，加上已經上膛的一發，我總共還可以開四槍。

插回彈匣，當我聽到爬行聲，我毫不猶豫將子彈射入第一位進入我視線的恐怖分子眼窩。不過我太緊張了，忍不住又多補三槍打在他已經貼地的額頭跟天靈蓋。

這下子一具成年男子的屍體堵住維修通道，一時間其他人爬不進來。

我將沒有子彈的手槍丟在一旁，又出現恍惚迷離的精神異常狀態。

我的神智彷彿被抽離、漂浮到半空中，從天花板看著自己蹲在雷達機台下方維修通道瑟縮顫抖。

頭好痛。

創傷後壓力症候群。我知道現在不是失魂落魄的時候，等一下恐怖分子丟兩枚RGD-5過來，我就慘了，但是控制不了自己。

我因為太過恐懼、害怕的程度遠遠超過我所能承受的範圍，精神狀況出現崩潰前兆，魂魄神遊在半空、意識飄浮。

「我偵測到你的生理數值，看來你現在處於極度害怕的崩潰邊緣，你不要讓你的恐懼影響到你的判斷和行動力，這時候崩潰你就死定了。深呼吸，跟自己對話，鼓勵自己，幫自己打氣，然後用最樂觀的態度預測事態發展，你會活下來的！」歐洲海豚語調充滿前所未見的溫柔，出乎意料地沒有刻薄的挖苦與犀利的吐槽，這巨大的反差將我無主的六神與魂魄拉回維修通道內。

「從事發到現在，危機一件件來、你一關關克服，在這裡放棄就可惜了。不要慌張、不要害怕，十幾年前在圍棋比賽中大殺四方、擊敗一堆世界棋王、擁有自我學習能力的人工智慧AlphaGo，它最完整的版本，運算能力也還不到我的萬分之一，有我罩著你呢！別哭！不要逃避！挺直腰桿面對你的恐懼！二〇一八年的世界盃足球賽，主場是哪一隊？」歐洲海豚天外飛來一筆、突然間問我。

「蛤？俄羅斯隊。」我丈二金剛摸不著頭腦。

「有沒有主場優勢？」歐洲海豚繼續追問。

「嗯？我想想。俄羅斯爆冷門淘汰西班牙，晉級八強。」我說道，呼吸頻率漸漸和緩，突然間領悟歐洲海豚的企圖。

她在幫我爭取暖開機的時間，要我的腦袋回復運轉。

「很好，那我再繼續問你，生存遊戲的勝敗關鍵是什麼？」歐洲海豚繼續誘導式提問。

「場地熟稔度。」我說。

「這裡誰最熟？」

「我最熟。」

「現在是誰的主場？」歐洲海豚刻意保持輕鬆語調。

「我的主場。」

「動腦想想，這個情況，你主場最安全的地方在哪裡？」

被歐洲海豚激勵士氣，我的大腦恢復功能，危機處理機制啟動。

現在最安全的地方就是N安置三個小朋友之處。

「**情報處安全密室**。」我回答。

問題是，我不知道密室在哪裡。

「一樓會議室內的廁所有一間放清掃用具的隔間，打開隱藏的暗門，你對著暗門揮揮手，裡面的人可以手動幫你開門，暗門後方就是軍事飛航情報處的軍械室，同時也是情報處安全密室，想活命就要盡快躲到那裡。」歐洲海豚仔細說明。

我記得維修通道內有一處緊急出口通到一樓機電室天花板，從機電室到會議室直線距離約十公尺，但是緊急出口的確切位置我依然不知道在哪，只好再跟歐洲海豚求救。

「歐洲海豚，緊急出口在哪？」

「海峽督導席位下方有個液壓把手，先按紅色按鈕、再順時針旋轉把手，向下推開鋼板門就是一樓機電室的天花板夾層。」歐洲海豚輕聲地說，同時在面板上顯示圖資輔助。

「謝謝喔，我收回我說過的話。妳其實比白海豚聰明一點。」

「那還用說！等一下你會反覆失去信心、懷疑自己能否生存，當你失去求生意志的時候，一定要跟自己對話！幫自己打氣！**現在快走！**」

我急忙爬向海峽督導席位下方，打開緊急出口的鋼板門並鑽進去，連滾帶爬地從二樓模擬機室地板下摔到一樓機電室。

打開機電室的門，我左右張望，接著朝著會議室狂奔，不到五秒鐘就衝進會議室大廳、跑進廁所，打開廁所清潔工具間，軍械室鐵門自動向兩側分開。

「福哥！我們從攝影機看到你在門外！快躲進來！」高妹在安全密室裡對我說。

一進入情報處安全密室，厚重的鋼板偽門立刻關閉，我看到滿坑滿谷的槍砲彈藥，這裡根本是座大型軍火庫。

小胖躺軍械室地板，把地上弄得血跡斑斑、觸目驚心，眼鏡仔跟高妹蹲在一旁，用手壓住小胖腿上的出血口。

N正在挑選槍械武器，最後抓一把狙擊步槍問我。

「白冷紅死了？」

「她是恐怖分子的間諜。你知道是哪個恐怖組織發動攻擊？」我反問他。

「日本的奧姆真理教是使用沙林毒氣的老手，前科累累，現在改名叫『ALEPH』，繼續暗中執行顛覆國家計畫。你有聽到恐怖分子用日語交談？」N略微思索。

「沒有，聽起來像韓文。」我回想。

「那看來動機最強烈的就是北朝鮮的恐怖組織了。美國總統在南韓參與的全球反恐高峰會，目的就是針對北韓、企圖完全消滅北韓的核子武器。照這樣推測……」

「大韓民族統一陣線聯盟！」我驚呼。

北韓一位中學老師，在教育展上看到廠商提供的韓國地圖居然沒有包括南韓，氣到當場哭出來、痛罵廠商一頓，事後接受政府暗中資助，成立「大韓民族統一陣線聯盟」，大舉招兵買馬，創建北韓戰士訓練營，認為美國是暗中阻撓韓國統一的始作俑者，以美國為目標進行一連串恐怖攻擊行動。

該恐怖組織堅持主權完整性不容分割、強烈反對美國與南韓聯合軍演、誓言打倒美國帝國主義、堅持美軍勢力退出朝鮮半島、絕不容許分離主義猖獗、即使犧牲也要達成最終的神聖目的！

一個韓國！

「沒錯，這個恐怖組織除了企圖斬首美國總統，還想盡辦法製造更大的恐怖與動亂！我需要你跟我出去作戰！」N說。

「不要，我還想多活幾年，外面好恐怖！我在這裡陪三個小朋友，」我絲毫不覺得羞愧，在死神面前，我只是個貪生怕死的普通老百姓，「剛才美國空軍一號沒有被撞掉，勢必會緊急降落在航路備降機場。白冷紅故意把美國空軍一號逼到迫降，恐怖分子等一下全部會朝大園海軍基地移動，可能早就有另外一隊恐怖分子等在大園海軍基地、守株待兔。我們只要躲在軍械室，撐過這段時間就得救了。」

我邊推理邊安慰自己。

一般客機過境台灣，航路備降機場會預設為桃園機場，而空軍一號則會把大園海軍基地設為航路備降機場。在Google地圖上看不到大園海軍基地，在天空的飛行員卻可以清楚看到平行於桃機南北跑道的軍用跑道。

N一臉鄙夷看著我。

「你真的想保護三個小朋友？」

「那當然。」我點頭。

「那你就快點抓把步槍跟我來。」N不耐煩，「我懷疑恐怖分子的目標是管制園區東北角的航警宿舍。你職等太低、保密層級不夠，這些事原本就不可能讓你知道的。**航警宿舍下方有一口飛彈發射井！**」

我聽到這裡，全身一陣顫慄！高妹跟眼鏡仔同時倒抽一口氣，連躺在地上的小胖都發出一聲驚呼。

「這還不是最恐怖的事情。發射井裡的彈頭，裝載著軍事實驗室最新研發出的遺傳工程武器，威力足以感染千萬人，若在本島引爆，二十年內能讓人口數減半、五十年內人口數歸零！我不知道恐怖分子滲透到什麼程度、有無能力啟動發射程序，最保險的方法就是死守飛彈發射井、別讓恐怖分子接近！」N說完拿了一個軍規抗噪耳機無線電給我，「用這個聯絡，你負責操作歐洲海豚、搜尋恐怖分子，告知我位置，我負責戰鬥，殲滅敵人，殺一個算一個。軍械室裡面沒有歐洲海豚指令面板，你要跟我一起出去。」

歐洲海豚說中了，恐懼像潮汐般高高低低、來來去去，反覆侵蝕我殘存的些許自信。

我沉默不語、內心再度被恐懼充滿，所有最負面、最消極的想法洩光我所有力氣，讓我兩腳發軟、蹲在地上瑟瑟發抖。

我好害怕。我實在不想離開安全密室。

「福哥……不要害怕……人都會死，誰也跑不掉……」小胖因為失血過多而臉色慘白。我看著小胖，預期他說一些八股的大道理。

「你要摸著自己的心……隨時問問自己……有沒有吃飽啊？有吃

飽就好……安心上路……」小胖誠懇地吐出真心話，高妹跟眼鏡仔卻笑不出來。

眼鏡仔臉色陰沉，高妹則是害怕到小聲啜泣。

小胖雖然愛吃，但卻是最懂得察言觀色的鬼靈精，他發現高妹怕到一直哭，繼續努力嘗試轉移注意力。

「我看，我們這些人之中……只有高妹可以活下來……」小胖還故意賣關子，「因為……生命會找到出路……」

小胖緩緩說出電影《侏羅紀公園》的經典台詞，大夥沉思幾秒鐘，高妹最先領悟。

「**好啊！你罵我是恐龍妹！**」高妹跳起來。

大家哈哈大笑，就像魯迅〈孔乙己〉中的描述般，「……眾人都哄笑起來，店內外充滿了快活的空氣。」

那短暫的幾秒間，我們全忘了外面還有一群殺人不眨眼的嗜血暴徒，正在堅持不懈地努力毀掉這個世界。

三個小朋友心地善良、人生才剛發芽，我多解決掉一個恐怖分子，他們生存的機會就多一些。不過，我這麼貪生怕死又自私自利的人，我的所有行為、一舉一動，出發點絕對是從我本身的利益極大化為優先考量。要我冒險犯難、犧牲自己的生命，去換取別人的生命，是不可能的事情。

「拿把步槍跟我來！走吧！」N催促。

「我不出去。你要走快走。」我冷冷地說，連一絲羞愧的情緒都沒有。

「可恥！你真可恥！」N睥睨著我，不屑地吐口口水在我臉上。

我默默擦掉臉上的唾液，心如止水。管飛機是我的職責所在，作戰不是。我不是戰鬥人員，持槍駁火不干我的事。

「啊！等一下！」高妹高聲尖叫，卻也來不及阻止N。

N義憤填膺地往外衝，當他打開情報處安全密室的防爆鋼板軍械門，忘了從監視器檢查室外情況，金屬偽門才一打開、立刻衝進十名持槍恐怖分子，白冷紅也在其中。

「哈哈哈哈！逮到你們了吧！」白冷紅端著槍朝天花板連開幾槍示警，情報處安全密室連天花板都是防爆鋼板，倏爾流彈亂竄、四下反彈出火花，有一名恐怖分子差點被跳彈擊中小腿，大家立刻抱頭蹲低。

「把槍放下！雙手舉高！通通出去！」白冷紅不耐煩，「快點快點！」

N拋棄長短槍的動作稍微慢了一點，白冷紅立刻朝他手臂、腹部連開兩槍，N痛苦哀嚎、滿地打滾，被兩名恐怖分子抓著頭髮拖出安全密室。

不想受皮肉之苦，我抱起小胖，下巴一抬要高妹跟眼鏡仔跟上，他們躲在我身後走出密室。

密室出口位在會議室的廁所內，白冷紅把槍口抵住N的腦袋，「很痛吧！告訴我飛彈啟動程序碼，我會給你個痛快。」

這時十名恐怖分子開始分發炸彈背心，一個個穿上，接上引信與雷管。

「看到了吧！我們身上穿的，每一件都塞了超過二十公斤的黑索金，你們不可能活著走出去了。說！啟動程序碼！」

黑索金是具備高爆當量的優秀炸藥，比TNT、C4炸藥更邪惡。

「我死都不會講。」N咬牙切齒地說。

「嗯，我想也是。那你就死吧！」白冷紅扣下扳機，子彈貫穿N的眉心。

眼鏡仔忍不住尖叫，小胖跟高妹則是嚇到抱頭痛哭，生命從N的肉體流逝，N的炯炯目光隨著靈魂消散漸漸黯淡，我跟三個小朋友轉頭不敢看N無神的雙眼。

「又到了精神病患的遊戲時間！哈哈哈哈哈！」白冷紅轉頭看我，露出心理變態的詭異笑聲，「告訴我飛彈啟動程序碼，否則我就殺掉小妹妹。」

白冷紅走到高妹身旁、扭著她的下巴將槍管塞進她嘴裡。

剛擊發過的槍管非常燙，高妹痛苦呻吟、嚇到失禁，白長褲被染黃，褲腳流出的液體汩汩浸濡鞋襪。

「管制員不會知道飛彈啟動程序碼……臥底兩年，妳心裡有數……我不想死……不要殺我……」我來到恐懼的頂點、精神可承受的極限，語無倫次。

「哈哈哈哈！你這個遠近馳名的自私鬼，你根本不在乎小妹妹的死活，對吧！你從來不會把跟你毫無利害關係的事放在心上，我來拆穿你的真面目！我現在立刻要殺掉一個人，殺一個就放過一個，一命換一命，殺掉你

還是殺掉她？」白冷紅病態的眼神挑釁地盯著我瞧。

「**讓我代替高妹！妳殺了我吧！我的命來換她的！**」小胖堅定地說，鏗鏘有力，語氣中沒有絲毫猶豫。他是發自內心願意犧牲自己來換取他人的生命，這種大愛非常罕見，只有在父母保護子女的時候才會看到。平凡的小胖，此時此刻渾身上下充滿一股浩然正氣。

我被他無所畏懼的氣勢震懾住。「孔曰成仁，孟云取義，唯其義盡，所以仁至。讀聖賢書，所學何事？而今而後，庶幾無愧。」文天祥絕筆中撼動人心的高風亮節，過了九百多年我在一個少兒身上親眼目睹。

小胖一個十四歲的少年，胖歸胖，在生死關頭卻展現出尊貴非凡的氣節，那是一種我這懦弱的自私鬼幾輩子都不配擁有的高尚勇氣。

「喔？我有問你嗎？死胖子逞什麼英雄！通通殺掉！」白冷紅凶

光四射、伴隨著瘋狂的鬼叫聲，準備將我們全部宰掉。

我在那一瞬間頓悟，看破一切世界混亂的根源。如果人人都能少點自私自利、多點捨己為人，這世界將會完全不同，戰爭也永遠不會發生。

「等一下！我沒有啟動碼，但是歐洲海豚有。妳的管制員code已經被註銷，我的可以指揮歐洲海豚啟動飛彈發射程序。」我阻止白冷紅殺掉小胖跟高妹，「發射飛彈的指令面板屬於保密層級最高等級，跟其他歐洲海豚指令面板不同，只能在安全密室裡面操作，你們跟我來吧！」

我站起身。

從這一刻起，我的生命不再屬於我自己。只要能讓三個小朋友活下去，我願意做任何事情。

冷眼旁觀白冷紅，她用槍一指，帶著七名恐怖分子跟著我進入安全密室，留下兩個還沒穿上炸彈背心的恐怖分子在外留守。

安全密室裡根本沒有歐洲海豚飛彈發射指令面板。

白冷紅不知道，恐怖分子不知道。

情報處安全密室是依照核戰爆發與遭受生化武器攻擊的安全防護級別打造，即使核彈引爆也無法摧毀防爆鋼板層。

無論是從外而內、或是從內而外。

「必須關上安全密室的鋼板門，歐洲海豚面板才會浮出飛彈發射的操作頁面。」我欺騙恐怖分子，說著最後一次謊。

關上防爆鋼板門後，三個小朋友被隔絕在外，看著滿滿一屋子穿著炸彈背心的恐怖分子，我隨手從離我最近的恐怖分子身上摸來引爆遙控器，按下按鈕。

「沒見過這麼笨的恐怖組織……」話沒說完，我身旁的恐怖分子開出紅色花朵，接著蔓延向外、一朵一朵相繼盛開，花團錦簇，「好熱啊！暖洋洋的好像在做日光浴……」我也被陡然升高的溫度急速昇華、意識漂浮到幾萬公尺的雲端。

我跟我太太結婚多年沒有小孩，這三個小朋友如果是我們的孩子，那不知道是如何幸福的事。

7 虛無

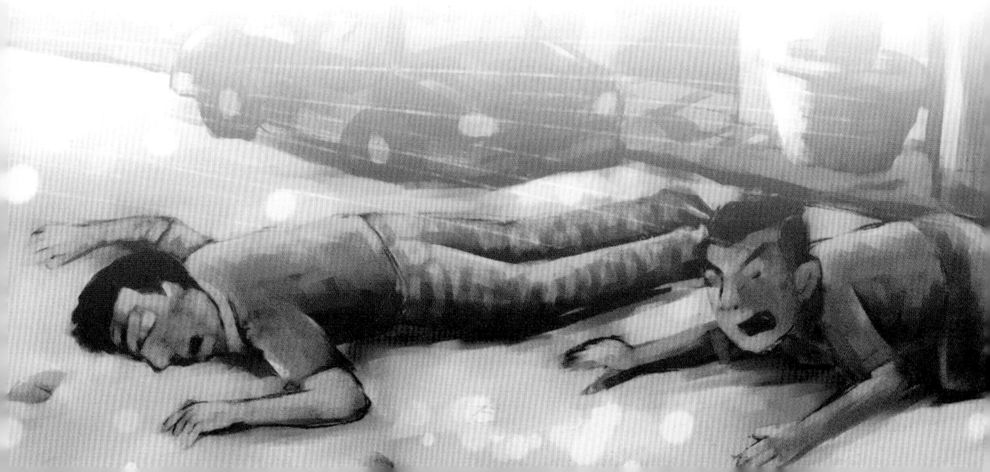

事發第十六分鐘，當另外數名恐怖分子聚集在園區東北角的航警宿舍，企圖炸開飛彈發射井的同時，一架黑鷹直升機盤旋於航警宿舍上方，強烈的下沉氣流將幾名恐怖分子吹得東倒西歪，直升機降高度、定點停懸，別說降落傘了，連垂降繩索都不用，直接空投一組全副武裝的維安特勤隊進入園區，十幾名特勤隊員從直升機上跳進園區、一擁而上，將數名恐怖分子全數壓制在地。

第二架直升機馬不停蹄空投另一組特勤隊員，這組特勤隊員一股腦兒往空管中心主建物衝，不到三秒鐘第三架直升機出現，三度空投一組維安特勤隊進入園區，後方天際跟著出現第四架、第五架黑鷹直升機。

衝進空管中心主建築物那組維安特勤隊，在一樓會議室外擊斃兩名恐怖分子後，接著發現廁所內三個小朋友，立刻由一名隊員先將傷重的小胖背出急救，高妹跟眼鏡仔則是能夠自行走出。

經過二十幾分鐘的地毯式搜索餘孽，一共擊斃九名恐攻嫌犯，逮捕六名來不及自縊的恐攻嫌犯。

事後由總統擔任主席，親自召開的國安高層會議，各部會首長開始報告。

「我自請處分，」國防部長一夜白髮，起身發言，「當時的最佳方案，應該是由國防部直接指揮陸軍涼山特勤隊跟海陸的黑衣部隊進入大園空管中心。這兩支特勤隊很優秀，超過一百分，是本部最恐怖的戰力、最殘暴的人間凶器。只不過礙於憲法，軍人若干涉內政，有違憲的敏感問題，所以沒有動作。」

再強的特勤隊，沒有指揮官下令，也只能待命。

「你真是糊塗了，不會分輕重緩急！先解決危機！其他事晚點再說！有違憲疑慮就事後再聲請釋憲、叫大法官去解釋憲法！你們以為大法官是誰選的？都是我提名的！軍事飛航情報處駐守空管中心，難道不算軍人干政嗎？」總統說。

憲兵中將指揮官這時也自請處分。

「我們在桃園機場放了一支夜鶯特勤隊，人數是機密……」

總統這時插嘴問：「**連我也保密？我是陸海空三軍統帥！**」

「嗯、這個，私下告訴你。」指揮官回答，「夜鶯特勤隊具有司法警察身分，可以執法，沒有軍人干涉內政的違憲問題，從桃園機場趕去大園空管中心會比維安特勤隊早三分鐘到達。不過，當時總統您在機場，憲特是禁衛軍，最重要的任務是保護總統的安全，所以留在桃園機場待命，觀望事態發展，沒有任何動作，以防有針對領導人的第二波、第三波恐怖攻擊行動，戰力被牽制在大園，陷入泥沼。」

警政署署長這時也自請處分，「警政署的維安特勤隊，戰力不下於憲兵夜特、海陸黑衣、航特涼山，本島反恐我們維安特勤隊是負責第一線攻堅，責無旁貸。弟兄們花了十六分鐘從北投總部空運到大園現場，仍然來不及，我不忍責怪弟兄，也不願意推諉卸責、歸咎於直升機飛太慢，這次的恐怖攻擊事件已經被我們列入教案，成為日後反恐訓練的重點案例。我辭職以示負責。」警政署署長下台一鞠躬。

「軍事飛航情報處二十八人全員殉職，無人生還，這個單位名存實亡，由我代為報告，」幕僚長說，「即日起裁撤軍事飛航情報處。行政事務移交台北飛航情報中心善後，由於缺乏駐守戰力，大園管制區飛彈發射井也隨之關閉，遺傳工程武器暫時存封。」幕僚長說。

「我們的生育率低到誇張，開發遺傳工程武器的過程中，是否有過外洩事件？」總統遲疑半晌，還是忍不住問。

「絕對沒有。」幕僚長回答。

軍事實驗室開發的遺傳工程武器傳播媒介是空氣，效果是讓受感染者喪失繁衍下一代的能力。

不孕症。

幾十年前的塑化劑與黑心油食安風波，讓軍事實驗室遺傳工程武器的發展猛地獲得爆炸性大躍進。

「超低生育率已成為我們最大的危機，對了，」總統轉頭看著航管部長，「空管中心值班人力如何應對？班表排得出來嗎？」

航管部長嚴肅回覆：「可以，我們開啟歐洲海豚X的所有權限，讓現有倖存的最少人力能負擔全區管制工作。A級管制員用速算法，十秒鐘可找出撞機衝突、檢查責任空域內所有飛行器一次，而權限開啟的歐洲海豚，一秒鐘可以掃描全區所有飛行器、檢查撞機衝突十萬萬次。解除封印的歐洲海豚躍升為主要空中交通指揮角色，管制員轉為監視航管系統是否正常運作的管理者，最少的人力資源可以發揮最大效用。」

「有無備援機制？」總統繼續問。

「有，日後若再發生大園空管中心淪陷、喪失功能，小港機場內的南管中心會立刻接手，進行全區空中交通管制。」航管部部長回答，「為了避免類似恐攻再次發生，本部已經著手建置第三管制中心與第四管制中心，地點是機密，私下再跟你報告。等完成必要交接工作，我會負起政治責任，辭職下台……」

故事就說到這裡吧！

各位以後若有機會參觀大園飛航服務園區，二樓的雷達管制作業室就是以前的模擬機室。千萬不要問能否參觀地下十五樓的管制室，那裏還埋葬著最不堪回首的恐怖陰霾，也不要問我在哪裡，我是浮游在黑暗中的一縷虛無，反覆在曾經生存的世界低吟著黑色旋律，又倏地消失。

我是一個故事，我是一段記憶，我是儲存在歐洲海豚裡的一和零、零和一。

我的妻子婉拒將我肉身殘存的骨灰粉末送進忠烈祠，要燒東西給我很不方便，還不如放在住家附近的靈骨塔。不過她倒是向府院高層提出另一個請求，獲得同意並執行。

參觀空管中心的時候，跟歐洲海豚說說話吧！系統工程師已經把歐洲海豚設定成我的人格特質、模擬我的行為模式、換成我的聲音了，很搞笑的。

如果你碰巧看到一位大齡美女在跟歐洲海豚胡亂哈拉、叫歐洲海豚「死鬼」，那八成是我太太，她想念我的時候就會去找歐洲海豚吵架，邊吵邊哭。

大家多擔待些喔！

如果你看到一個年輕胖子叫歐洲海豚「福哥」，那一定是小胖，多年後他跟眼鏡仔大學畢業，還真的來考飛航管制員，小胖被挑到中心，眼鏡仔分到近場台，高妹則是去考航空公司的培訓機師，已經完訓上線、飛大型噴射客機，偶爾在無線電裡認出小胖或眼鏡仔的聲音，免不了唧唧咕咕拌嘴幾句。

嘿嘿！女飛行員好神氣呀！

後記

感謝黃秋芳老師與許建崑老師，在我前年第一次參賽時幫拙作《超速遊戲》推薦，兩位老師如引水人一般，帶領我進入浩瀚無垠、前所未見的創作領域，開啟了我一連串少兒小說創作的奇幻旅程，我對兩位前輩的提攜銘感五內。

感謝馮季眉老師、陳安儀老師、凌性傑老師為在下去年參賽的作品《網球少年》推薦，三位老師的點評一針見血、拳拳到肉，讓我有機會在出版前把作品修改到盡善盡美，三位老師的指點讓我在往後的筆耕之路受用無窮，更感謝陳安儀老師與凌性傑老師連續兩年為在下的拙作推薦，能夠得到兩位前輩不止一次的批評指教與鼓勵，晚輩深感榮幸，創作之路已無遺憾。

感謝比賽指導單位文化部長期鼎力相助，支持並鼓勵少兒文學發展，筆者身為公務員，既然政策是要推動少兒文學，自當捲起袖子、身先士卒，為了落實政策而提筆參賽，期待能收到拋磚引玉之效。無奈平日公務繁忙、案牘勞形，為了服務百姓疲於奔命、夙興夜寐，已無閒暇餘裕書寫，只能從所剩無幾的睡眠時間壓榨些許片段創作，連續三年參賽下來是精疲力竭、形容枯槁、油盡燈枯、面目黧黑，不堪負荷之餘健康狀況跟著出現問題，身形日漸憔悴，體重直線滑落，短短三年筆者已經從九十公斤，瘦到只剩八十六公斤了，再這樣下去恐怕會變成紙片人。

感謝九歌文教基金會主辦少兒文學獎，在下對創辦人蔡文甫社長素來景仰，也謝謝李瑞騰董事長與蔡澤玉社長為了推動少兒文學發展不遺餘力。九歌不只是陪伴我成長的文學聖殿，更是出版界的楷模、地位超然，在台灣文學史上佔有一席之地，感謝九歌總編輯陳素芳女士的指教，陳總編巾幗不讓鬚眉、強將手下無弱兵，率領的編輯群非常優秀，個個驍勇善戰，一以當百，帶著我在書籍銷售市場上南征北討、衝鋒陷陣、遠交近攻、短兵相接，我要特別向鍾欣純編輯致意，能屢屢包容我的龜毛與難搞，更感謝欣純多次提點故事中的矛盾與謬誤、建議我修改的方向，各位如果覺得拙作有點意思，都是欣純的功勞，如果覺得拙作不值一哂，那與欣純無關，是我本來就沒有寫好，巧婦難為無米之炊。

感謝Salah-D、蘇卡力與吳嘉鴻三位藝術家幫拙作繪製插畫，恕本人資質駑鈍、不知如何判讀畫作優劣，我只知道三位大師設計的封面與內頁插圖，讓我在拿到實體書的時候驚呼連連、不敢置信，還有些許怦然心動，彷彿看見一位似曾相識的絕世美女，一時認不出來是我太太化了妝。如果沒有三位畫家設計的插畫，這三本小說就會像我太太平常素顏的樣子，我點到為止，再多說下去我可能會有苦頭吃。

最後，我向所有願意看到這裡的每一位讀者深深鞠躬，你是我持續寫作的原因、目的、和動力，我最感謝的就是你。你的閱讀樂趣是我努力耕耘的經緯座標，每當我寫到暈頭轉向、手足無措、天昏地暗、日月無光之時，我就會抬頭找你。

「夜空中最亮的星」。

少尹　二〇一八年十月於台北

恐懼的馬赫數

國家圖書館出版品預行編目 (CIP) 資料

恐懼的馬赫數 / 董少尹著 ; 吳嘉鴻圖 . -- 初版 . --
臺北市 : 九歌 , 2018.11
面 ;　公分 . -- (九歌少兒書房 ; 271)
ISBN 978-986-450-216-5(平裝)
859.6　107017461

作　　者——董少尹
繪　　者——吳嘉鴻
責任編輯——鍾欣純
創 辦 人——蔡文甫
發 行 人——蔡澤玉
出　　版——九歌出版社有限公司
台北市 105 八德路 3 段 12 巷 57 弄 40 號
電話／02-25776564・傳真／02-25789205
郵政劃撥／0112295-1

九歌文學網　www.chiuko.com.tw

印　　刷——晨捷印製印刷股份有限公司
法律顧問——龍躍天律師 ・ 蕭雄淋律師 ・ 董安丹律師
初　　版——2018 年 11 月
初版 2 印——2020 年 12 月
定　　價——260 元
書　　號——0170266
I S B N——978-986-450-216-5